INNAMORARSI DEL PRINCIPE FEDERICO

SCANDALI REALI: SAN RIMINI

NICOLE BURNHAM

Innamorarsi del principe Federico

Scandali Reali: San Rimini - Libro 5

Traduzione italiana: Ernesto Pavan

Titolo originale: Falling for Prince Federico

ISBN: 978-1-941828-68-7 (edición impresa)

ISBN: 978-1-941828-67-0 (libro electrónico)

Iscriviti qui alla newsletter in italiano di Nicole. Gli abbonati ricevono materiale bonus e informazioni sulle prossime uscite. Puoi annullare l'iscrizione in qualsiasi momento.

CAPITOLO 1

"Ma che ne so io della differenza fra *placenta previa* e *placenta accreta*?"

Pia Renati ricordò a se stessa che era meglio brontolare a bassa voce, poi appoggiò una spalla alla pubblicità di un'acqua di colonia che decorava la parete dell'Aeroporto Internazionale di San Rimini e voltò la pagina di una grossa guida alla gravidanza dalla copertina a fiori. Come facevano le donne a partorire senza una laurea in medicina?

E perché diamine avevano chiamato *lei* quando la sua amica Jennifer Allen – ora Jennifer diTalora – aveva bisogno che qualcuno le rimanesse accanto durante il riposo a letto ordinato dall'ostetrica?

L'amica di Pia si rivolgeva sempre a lei nei momenti di difficoltà. In quanto suo ex-capo presso il campo profughi dove avevano lavorato insieme poco più di due anni prima, Jennifer la conosceva meglio di chiunque altro. Istituire banchi alimentari era naturale per Pia come camminare. Aiutare nella costruzione di ripari temporanei sotto il caldo sole africano? Creare database per ricongiungere persone in fuga dalla guerra con i propri cari? Già fatto. Come operatrice umanitaria, Pia non temeva di lavorare sodo ed era stata in più di un ospedale da campo. Ma prendersi cura di una donna incinta sul punto di partorire il futuro erede al trono di San Rimini? Tutto ciò che Pia sapeva di gravidanze e bambini lo aveva imparato nell'ultima ora.

Sua madre non aveva esattamente preso ispirazione dai personaggi affettuosi e materni che comparivano di solito in televisione. Persino la maggior parte delle madri dei cartoni animati sarebbe stata un passo avanti rispetto alla perennemente assente Sabrina Renati. Ma Jennifer aveva insistito per avere Pia al suo fianco e lei non intendeva dire di no a un'amica incinta che, come se non bastasse, era sposata con il principe ereditario del suo paese natio.

Pia saltò la sezione successiva della guida alla gravidanza che le aveva inviato Jennifer, lasciandola quasi cadere sul pavimento del terminal affollato quando si ritrovò di fronte a una gigantesca fotografia in bianco e nero di una partoriente. Aveva dato per scontato che il libro avrebbe lasciato certi momenti all'immaginazione.

Beh, si disse, se non altro l'immagine non era a colori.

"Signorina Renati?"

Pia udì a malapena la calda voce di baritono alle sue spalle, dato che proprio in quel momento gli altoparlanti dell'aeroporto ingiunsero rumorosamente a un passeggero di presentarsi alla sicurezza per via di un oggetto smarrito.

Invece, una improvvisa inquietudine la spinse a chiudere di scatto il libro. Il brusio delle conversazioni attorno a lei cessò e ogni singolo paio d'occhi nell'atrio si concentrò sull'uomo alle sue spalle.

Senza voltarsi, Pia si rese conto di chi doveva essere il proprietario di quella caratteristica voce da opera lirica. Non era un autista di palazzo, come si era aspettata, venuto a indicarle la strada verso un minivan Volkswagen, ma quello che poteva essere definito l'uomo single più desiderato al mondo, il recentemente vedovo principe Federico Constantin diTalora. L'uomo noto ai lettori di tabloid come il Principe Perfetto per la sua bellezza mediterranea, la sua reputazione impeccabile e la sua devozione al dovere.

Proprio quando Pia non aveva avuto la possibilità di succhiare una mentina o sistemarsi il trucco prima di scendere dal volo notturno.

Sperando che l'uomo non avesse guardato il libro che lei aveva in mano, Pia si costrinse a sorridere mentre si voltava verso il cognato di Jennifer, il secondo in linea di successione al millenario trono di San Rimini.

A giudicare dall'espressione del volto spesso comparso in fotografia, il principe aveva dato una bella occhiata alla foto nel libro.

Erano trascorsi anni dall'ultima volta in cui Pia era tornata a casa e aveva avuto modo di parlare l'italiano sanriminese che era la sua lingua madre. Da tempo era ansiosa di chiacchierare con qualcuno che comprendesse le sue origini. Qualcuno che discutesse con lei di politica sanriminese, le raccontasse gli ultimi pettegolezzi sulle celebrità locali, magari la aggiornasse sugli ultimi ristoranti e discoteche alla moda.

Ma la vista del famoso reale – un uomo dal fisico tonico, che riempiva la semplice giacca nera e l'immacolata camicia bianca come una stella dei film d'azione sul tappeto rosso degli Academy Awards – la sconvolse e lei riuscì soltanto a bisbigliare: "Principe Federico. *Buon giorno. Come state*[1]?"

Che diamine ci faceva lui lì? Jennifer non aveva mai accennato che avrebbe mandato Federico in aeroporto. Il principe non si limitava a torreggiare su Pia, ma possedeva quella qualità intangibile che tutti gli uomini desideravano: il carisma. Li avevano presentati nel corso del matrimonio di Jennifer con il principe ereditario Antony due anni prima e Pia era stata così nervosa da pronunciare due parole di circostanza e darsi a una fuga precipitosa verso il tavolo del ricevimento dove sedevano i suoi colleghi del campo profughi Haffali, sopraffatta com'era dal breve incontro.

Federico e la sua elegante moglie, Lucrezia, erano stati piuttosto cortesi, ma entrambi erano parsi al di sopra dell'atmosfera festosa e romantica del ricevimento. Lucrezia era tutto ciò che Pia non era: alta, magrissima e splendida, con capelli scuri e lisci, labbra rosse e piene e un senso dello stile degno delle passerelle. Il genere di donna che tutti i giornalisti di moda bramavano presentare nelle loro riviste.

E Federico? Beh, la sua sola presenza l'aveva intimidita spaventosamente. Il suo modo di fare silenzioso e composto, unito alle scarpe lucide, lo smoking su misura e la fusciacca reale, le aveva mozzato il fiato quella sera.

E poi c'erano quegli zigomi fantastici. La mascella forte e liscia che non mostrava mai nemmeno una traccia di barba. La ricca pelle olivastra che doveva essere come il Paradiso sotto le dita di una donna.

Pia si strinse il libro alla maglietta di cotone verde salvia e rimpianse di non aver pensato di indossare qualcosa di più formale dei pantaloni cachi coi sandali. Se non altro, l'ultima volta in cui aveva visto Federico indossava un abito di design e tacchi alti.

Il principe fece un gesto discreto con la mano destra e un uomo snello in piedi nei paraggi corse a prendere il borsone ai piedi di Pia.

"Sto molto bene, grazie. Tuttavia, se non le dispiace, preferirei conversare in inglese. Sto cercando di migliorare la mia padronanza e non ho spesso la possibilità di esercitarmi con una persona che parla tanto bene la nostra lingua e l'inglese. Lei ha trascorso molto tempo negli Stati Uniti, giusto?"

Pia trattenne un sospiro. "Sì. E vada per l'inglese."

Sebbene lei avrebbe preferito l'italiano per una conversazione informale, sentirsi chiamare *signorina* dal principe la faceva sentire una ragazzina, meno matura dei suoi trentadue anni. Era un termine che a San Rimini veniva usato dalla generazione dei suoi nonni. E poi, il principe non era certo il tipo da conversazioni informali.

"Magnifico. Ho fatto in modo che i suoi bagagli venissero consegnati direttamente al palazzo dalla compagnia aerea. Jennifer è ansiosa di vederla, per cui, se è pronta ad andare, la mia automobile ci aspetta laggiù." Indicò delle spesse porte metalliche lungo la parete della sala. Sulla destra, attraverso le grandi finestre, Pia notò una lucida Mercedes nera parcheggiata sulla pista accanto all'aereo da cui lei era appena scesa.

Il privilegio dell'essere un principe, pensò. Non c'era bisogno di sgomitare per trovare parcheggio, superare innumerevoli controlli di sicurezza o aspettare la valigia assieme a un altro centinaio di viaggiatori stanchi che cercavano di conquistarsi una posizione accanto al nastro dei bagagli.

La folla si aprì di fronte a Federico mentre questi faceva strada attraverso la sala d'attesa e fuori dalle porte metalliche grigie. Non appena i piedi del principe toccarono le scale che conducevano alla pista, la sala alle loro spalle riprese bruscamente vita. I viaggiatori chiesero gli uni agli altri se l'uomo che avevano visto fosse davvero il principe e se qualcuno sapesse chi fosse la donna che lui aveva incontrato.

Pia si aggrappò al corrimano mentre scendeva le scale verso la luce del sole, costringendosi a non ascoltare le voci dei curiosi che si stavano radunando vicino alle finestre. Sarebbero rimasti delusi se avessero conosciuto la verità. Fu un sollievo sentire le pesanti porte di sicurezza chiudersi alle sue spalle.

Pia lanciò un'occhiata a Federico mentre l'autista le apriva la portiera posteriore, per poi rendersi conto che il principe le stava offrendo la mano per aiutarla a salire.

"Oh. Grazie." Era proprio un'oca in mezzo ai cigni.

Infilò la mano in quella di Federico e non si stupì di scoprire che la sua presa era solida, in esercizio. Probabilmente, aiutava tutti i giorni le donne a salire su auto eleganti. Pia chinò la testa, pregando di non sbatterla contro il tettuccio, e sperò che l'uomo non potesse capire quanto la innervosiva la sua presenza... e soprattutto il suo tocco.

Una volta che ebbero allacciato le cinture dei morbidissimi sedili di cuoio della berlina, il principe le pose alcune cordiali domande riguardo alla sua ultima visita a San Rimini, a quale nome pensava che Jennifer ed Antony avrebbero potuto dare al bambino e se il neonato sarebbe stato maschio o femmina, dato che Jennifer ed Antony avevano preferito non saperlo in anticipo. Pia riuscì a rispondere in maniera cordiale, ma prima ancora che fossero usciti dall'aeroporto, la conversazione si spense. Il principe sembrava felicissimo di proseguire il viaggio in silenzio, guardando occasionalmente fuori dal finestrino dell'auto. Al prolungarsi del silenzio, il nervosismo di Pia non fece che incrementare.

Il tragitto fino al palazzo reale era scenografico e li portò lungo la Strada il Teatro, il viale principale di San Rimini, che correva sopra la costa occidentale dell'Adriatico. Dopo aver oltrepassato il Teatro Reale restaurato di recente nei pressi dell'estremità orientale della Strada, salirono tortuose e secolari strade acciottolate fino alla sommità di un'ampia collina, dove la Rocca di Zaffiro, il famoso palazzo reale del Paese, dava sugli affollati casinò e sulle pittoresche botteghe e case del minuscolo principato europeo.

Pia sorrise fra sé, lieta di constatare che poco era cambiato dalla sua ultima visita. Spesso sognava a occhi aperti le onde azzurre della Baia di San Rimini che lambivano la spiaggia, le luci dei casinò costieri e il lusso degli eleganti alberghi del Paese. Le venne l'acquolina in bocca al solo pensiero dei decadenti dessert e dei saporiti piatti di pasta e pesce che rendevano San Rimini una Mecca per i gourmet. Nei giorni difficili in cui lavorare in campi polverosi o mense roventi in luoghi devastati da guerre o epidemie perdeva il suo fascino, quei sogni a occhi aperti di San Rimini erano un balsamo per la sua anima. Pia non viveva laggiù da quando aveva diciannove anni ed era partita per andare all'università negli Stati Uniti, ma quella era la sua casa e lei si godeva ogni istante delle sue rare visite.

O meglio, lo avrebbe fatto se non fosse stata seduta gomito a gomito con il Principe Perfetto. All'improvviso, il breve tragitto le parve eterno.

Ma l'uomo non aveva forse detto di volersi esercitare nell'inglese? Magari, le risposte monosillabiche di Pia lo avevano contrariato, ma lui era troppo esperto nella diplomazia per darlo a vedere.

Facendosi coraggio, Pia cercò di ricominciare la conversazione. "Sapete, è difficile per me credere che Antony Jennifer siano sposati e ancora meno che stiano per diventare genitori."

Il principe voltò la testa dal finestrino e si schiarì rumorosamente la voce, spingendola a chiedersi se non avesse commesso una gaffe. Quando l'uomo parlò, le sue parole, pronunciate con un accento e in un tono fin troppo serio per l'argomento, non le diedero la minima rassicurazione. "Sono molto felici."

Pia si costrinse a non farsi piccola contro il sedile di cuoio. Sapeva di essere incline a dire sciocchezze, ma era tutto nella sua testa. Il principe non poteva essere distaccato o minaccioso come pensava lei. Era un essere umano, no? Un titolo non lo rendeva migliore di lei. E poi, Jennifer aveva ripetutamente descritto il principe Federico come un uomo gentile e amorevole, e i giornalisti specializzati in pettegolezzi reali non facevano che raccontare di quanto lui amasse i due figlioletti.

Sebbene quei giornalisti non fossero una fonte di informazioni ideale, Jennifer non era il tipo da sperticarsi in lodi fasulle.

Forse, ragionò Pia, lei aveva semplicemente male interpretato l'atteggiamento distaccato dell'uomo durante il matrimonio. Il che era probabilissimo, considerato che erano stati presentati a tarda sera, dopo che il principe Federico aveva trascorso l'intera giornata ad assistere il fratello in numerosi eventi prima della cerimonia. E forse, la perdita della moglie subito dopo quel matrimonio lo aveva cambiato, rendendolo sospettoso nei confronti delle donne nubili... la maggior parte delle quali cercava forse di attirarlo in una relazione romantica.

Anche Pia sarebbe stata un po' riservata se avesse sposato una persona bellissima e perfetta e poi l'avesse persa per colpa di un aneurisma in età giovanile, ritrovandosi all'improvviso genitore giovane e single e preda di cacciatrici di fortuna.

"Oh, non dubito che siano felici, Vostra Altezza." Pia si scostò un ricciolo biondo dal viso, lieta che l'umidità dell'Adriatico non potesse dare ai suoi capelli un aspetto peggiore di quello che già avevano dopo il lungo volo da Washington e doppiamente grata per essersi ricordata di aggiungere *Vostra Altezza* quando aveva rivolto la parola al principe, questa volta. "Volevo solo dire che mi è difficile credere che Jennifer stia per diventare genitrice. Dovete capire che, nel periodo che ho trascorso lavorando con Jennifer al campo profughi Haffali, l'ho vista scavare latrine, pulire i pavimenti della mensa e scalare colline con gli stivali trasportando una caraffa d'acqua in ciascuna mano. È una dura e tiene alle persone che fanno parte della sua vita. Sono certa che abbiate avuto modo di trascorrere abbastanza tempo con lei da poterlo vedere di persona. Ma tutto ciò non si traduce esattamente in coniglietti di pelouche e filastrocche della buona notte. Volevo dire solo questo."

Federico si lisciò la giacca e annuì. "Capisco. In tal caso, sono lieto che Jennifer abbia trovato una persona dall'istinto materno che le resti accanto nelle prossime settimane, prima della nascita del bambino. Non vorrei mai che rimanesse da sola."

L'espressione dell'uomo era indecifrabile e le sue parole non contenevano la minima traccia di sarcasmo. Il suo senso del decoro non lo avrebbe permesso. Ma se solo avesse saputo quanto poco istinto materno aveva Pia, si sarebbe rimangiato tutto. Dopo il pessimo lavoro che aveva fatto sua madre crescendola – o meglio, non crescendola – l'ultima cosa che Pia desiderava era diventare la madre di qualcuno. Jennifer sarebbe stata una madre cento volte migliore di lei.

"Il palazzo ha un personale numeroso. E ci siete voi, per cui decisamente non è sola. So che rispetta molto voi e il modo in cui state crescendo i vostri figli." Per quanto ne sapesse Pia, Federico non viaggiava spesso come i suoi germani, preferendo restare vicino al palazzo per il bene dei suoi ragazzi.

"Ciò che dite riguardo alla presenza di altre persone è vero, ma credo che Jennifer preferirebbe la compagnia di una donna. Una persona che la capisca e che sappia rialzarle il morale." Federico si mosse come se fosse a disagio. "Si dice così?"

"Quasi. Forse volevate dire 'che sappia risollevarle il morale.'"

"Sì. Proprio così. Inoltre, potrebbe desiderare che un'amica le stia accanto in ospedale, nel caso il travaglio dovesse avere inizio prima del ritorno di Antony."

Pia cercò di ignorare il riferimento all'ospedale e il fatto che il ginocchio del principe sfiorava ora il suo, modo sicuro per fare impazzire i suoi ormoni. Faticando a mantenere la concentrazione, proseguì: "Mi stupisce che non abbiate incoraggiato vostro fratello a restare a casa con lei."

Una ruga verticale apparve nello spazio fra le sopracciglia scure del principe. "A volte, coloro che occupano posizioni di potere devono fare dei sacrifici, signorina Renati. Abbiamo dei doveri e i nostri cittadini si aspettano che li svolgiamo. Tali doveri devono essere anteposti ai desideri personali. Chiunque desideri trascorrere del tempo all'interno della casa reale viene informato della necessità di rispettare quel dovere. E più di ogni altra cosa, deve mantenere..." Federico parve faticare a trovare la parola giusta. "Riservate le faccende private del palazzo."

Ah. Ecco cosa preoccupava davvero il principe. Jennifer, nel corso della telefonata, aveva sottolineato che il suo riposo a letto era stato tenuto segreto alla stampa, almeno per il momento. Il principe Antony si trovava in Israele, come parte di un gruppo di tre mediatori neutrali che stavano cercando di dare vita a un nuovo accordo territoriale. Jennifer non voleva che il pubblico pensasse male di lui perché non era a casa con lei, né che i delegati temessero che Antony avrebbe potuto doversi allontanare nel bel mezzo delle trattative. Per quanto il principe ereditario volesse restare al fianco della moglie durante le ultime sei settimane della gravidanza, Jennifer ed Antony sapevano che milioni di persone dipendevano dalla presenza tranquillizzante del principe durante le trattative.

Era chiaro che Federico temeva che Pia non sarebbe stata completamente discreta.

Pia cercò di soffocare l'umiliazione. Lei più di tutti comprendeva la necessità di proteggere la pace, cosa a cui si sperava avrebbero portato le trattative. Aveva trascorso buona parte della sua vita a mettere una pezza sul disastro fisico ed emotivo lasciato dagli scontri politici. D'altro canto, non era mai stata del parere che fosse possibile crescere dei figli e al tempo stesso salvare il mondo. Sebbene non avesse confidato le sue preoccupazioni a Jennifer, Pia si chiedeva come la coppia avrebbe fatto a gestire tanto il ruolo pubblico di membri di una famiglia reale attiva quanto il ruolo privato di genitori.

La Mercedes si fermò di fronte al cancello posteriore del palazzo, riprendendo il tragitto dopo che le guardie ebbero verificato l'identità dei passeggeri. Pia si sporse in avanti per quanto consentito dalla cintura, osservando il giardino delle rose reale e la magnifica facciata posteriore del palazzo. Attraverso il tettuccio aperto, sentì dei bambini che ridevano nei paraggi, godendosi il clima della tarda estate e la brezza tiepida proveniente dall'Adriatico, e si chiese se quegli allegri suoni non venissero dai due figli di Federico.

Si riaccomodò sul sedile, resistendo all'impulso di sbirciare fuori dal finestrino per identificare la fonte del rumore felice. "Vostra Altezza, non c'è bisogno che mi chiamiate *signorina*. Mi rendo conto che in alcuni ambienti si usa ancora così, ma mi fa sentire... Beh, non sono abituata a tanta formalità. Ciò detto, comprendo il bisogno di discrezione. Vi prego di non preoccuparvi. Ma ditemi, se voi foste nella posizione di Antony, rimarreste a trattare o verreste a casa dalla vostra famiglia?"

Federico lanciò un'occhiata fuori dal finestrino, come se anche lui avesse udito la risata dei bambini. "Io non sono nella posizione di Antony. Lui è il principe ereditario e un giorno guiderà il Paese. I suoi obblighi sono diversi dai miei."

"Ma per ipotesi?"

"Farei quello che sta facendo Antony. È necessario per il bene collettivo." Federico si raddrizzò sul sedile, allontanando il ginocchio da quello di Pia mentre parlava. "Al momento, tutti i delegati seduti attorno al tavolo rispettano mio fratello e il lavoro da lui svolto. È una situazione rara, che potrebbe stimolare il processo a beneficio di molti, compresi i cittadini di San Rimini. Jennifer lo capisce. E così capirà il figlio di Antony e Jennifer, un giorno."

Il principe parlava con tale convinzione che Pia si trovò a concordare con lui... in gran parte. Non poteva non ammirare il modo in cui questi difendeva il fratello maggiore. L'eleganza e lo sguardo espressivo di Federico la ipnotizzavano e ogni volta in cui lui parlava, un sorriso leggerissimo gli sfiorava le labbra, come se pensasse di poterla convincere della bontà delle proprie argomentazioni con un semplice sguardo.

Considerato il contrasto di quei fenomenali occhi azzurri con la pelle olivastra, probabilmente ciò funzionava nove volte su dieci.

Pia sorrise.

"Comprendo le ramificazioni, Vostra Altezza, e ammiro la dedizione al dovere di Antony e Jennifer. E naturalmente, anche il sostegno che voi date loro, ma non credo che diventare genitori-"

Lo scricchiolio della ghiaia sotto le ruote della berlina e l'avvicinarsi di una donna matura con una gonna dritta di lana diede al principe l'opportunità di interromperla.

"Chiedo scusa, signora Renati, ma lei è Harriet Hunt. È l'assistente personale del principe Antony e gestisce le agende di Antony e Jennifer. Se avrà bisogno di qualcosa durante la sua visita a palazzo, sono certo che la signora Hunt avrà modo di aiutarla."

L'autista si fermò in fondo ai gradini del palazzo dove attendeva l'assistente, poi scese e si recò in fondo al veicolo per aprire la portiera per Pia e Federico. Ancora una volta, il principe le offrì la mano per aiutarla a scendere dall'auto. Lei gli rivolse un sorriso di ringraziamento e ricordò a se stessa di non abituarsi a quel trattamento di lusso. Viveva in pantaloni da escursione e scarpe da montagna, non in vestiti di Armani e su tacchi di Jimmy Choo.

Dopo le presentazioni, Federico riportò l'attenzione su Pia e le rivolse un breve cenno del capo. "La lascio in buone mani. Ancora una volta, apprezzo la sua disponibilità e la sua discrezione, così come le apprezza mio padre, re Eduardo."

Così, quello era quanto. Un reale promemoria che lei doveva tenere la bocca chiusa e un saluto. Pia guardò il principe salire gli ampi gradini del palazzo due alla volta, il tutto mantenendo la postura dritta e corretta e una grazia atletica.

Incredibile.

Pia aveva affrontato un argomento molto più personale di quanto la maggior parte delle persone avrebbe osato affrontare con un membro della famiglia reale, ma il principe aveva reagito come se lei avesse parlato del tempo. Parte della sua educazione, probabilmente, gli richiedeva di essere in grado di nascondere le emozioni.

Se lei avesse posseduto metà del senso del decoro dell'uomo, non avrebbe ficcato il naso, ma parte di lei aveva avuto bisogno di udire la sua risposta, di sentirsi rassicurare che Federico credeva che i propri figli fossero più importanti del proprio lavoro. Che provasse emozioni che non fossero solo la dedizione al dovere e che i bambini che lei aveva sentito ridere mentre raggiungeva il palazzo avrebbero continuato a giocare dopo aver visto il padre e che sapessero di essere più che solo un erede e una ruota di scorta, segnaposto reali in attesa che Antony Jennifer diventassero genitori.

Sperava che sapessero che il padre li amava più di ogni altra cosa al mondo.

"Signora Renati, è un piacere rivederla," la interruppe l'assistente, il cui marcato accento britannico suonava fuori posto a San Rimini. "Ci siamo incrociate prima del matrimonio del principe Antony. Lei mi ha aiutata a dare istruzioni ai fioristi della cattedrale quando sono arrivati contemporaneamente alla famiglia reale olandese."

Pia distolse lo sguardo dalla schiena di Federico e sorrise a Harriet, la cui efficienza ne aveva fatto una dipendente fidata di Antony e Jennifer. "È molto gentile a ricordarselo. E per favore, mi dia del tu. Dopo il viaggio in auto con Sua altezza, ne ho abbastanza delle formalità."

"Capisco. Federico presta ancora più attenzione del padre all'etichetta." Il tono della donna era professionale, ma il suo sguardo mostrava divertimento. Mentre attendevano che l'autista prendesse la borsa di Pia, Harriet aggiunse: "Ho cominciato a tenere sotto osservazione gli americani che entrano dalle nostre porte. Hanno la tendenza a sposare membri della famiglia diTalora."

"Ne ho sentito parlare." Amanda Hutton, la damigella d'onore di Jennifer, era rimasta dopo il matrimonio come una sorta di funzionaria diplomatica di palazzo. Pia non la conosceva bene, ma sapeva che il principe Marco, il più giovane – e scatenato – dei quattro germani diTalora le aveva chiesto di sposarlo poco dopo. E la principessa Isabella aveva sposato un americano appena il mese scorso.

"Fortunatamente, questo non succederà a me," promise Pia.

"Parlo come un'americana, ma sono sanriminese e mi trovo qui solo per aiutare un'amica incinta."

Ma mentre Harriet le faceva strada attraverso le doppie porte sul retro del palazzo, poi attraverso un corridoio tappezzato di specchi decorati e opere d'arte, Pia scoprì che i suoi pensieri continuavano a tornare al principe Federico. Il cotone liscio della sua camicia inamidata, le spalle larghe, l'espressione protettiva quando aveva parlato di Antony e Jennifer.

Quando oltrepassarono il ritratto di Federico che rideva con il padre durante una parata nazionale, Pia decise che, se il principe fosse riuscito a imparare a rilassarsi un poco, a comportarsi meno come se vivesse la vita sulla base di una sceneggiatura scritta con cura, avrebbe potuto valere la pena conoscerlo. Forse, solo forse, le donne che svenivano di fronte alle foto del Principe Perfetto nei tabloid ne sapevano qualcosa.

Al pensiero, Pia si portò subito una mano al ventre. Come le era venuto in mente di pensare una cosa del genere? Non era così coraggiosa: era riuscita a stento a mantenere la calma mentre l'uomo la aiutava a salire in auto.

D'accordo. Era trascorso molto, molto tempo dall'ultima relazione di Pia. Il suo lavoro non le lasciava molta flessibilità da quel punto di vista e il suo lavoro era tutto per lei. Per cui, che importava se il principe Federico trasudava sicurezza e faceva voltare le teste con la sua pacata grazia? Palesemente, non la approvava e lei non aveva intenzione, da parte sua, di degnarlo di una seconda occhiata. Farlo l'avrebbe messa nell'identica situazione in cui si trovava Jennifer.

E per quanto molti potessero trovare invidiabile la posizione di Jennifer, Pia non aveva intenzione di usare un giorno uno di quei libri dalla copertina a fiori.

———

Perché le aveva dato una seconda occhiata?

Federico diTalora fissò fuori dalla finestra in cima alla scalinata che portava all'ala dove si trovavano gli appartamenti privati della sua famiglia. Da quel punto di osservazione, poteva vedere Harriet che parlava sui gradini con Pia Renati, mentre l'autista recuperava il vecchio borsone della bionda dal portabagagli della Mercedes.

Quella donna era una cosina disordinata. Riccioli corti e indomati che andavano da tutte le parti. Sandali completamente diversi da qualunque calzatura lui possedesse. Vestiti… qual era la parola? Hippie? No, lei non era una hippie, non in base all'idea che lui si era fatto del termine. Ma ci andava vicina.

Era genuina. Concreta.

Lo turbava. La prima impressione che Federico aveva avuto di lei, quando era sgattaiolato via durante il matrimonio di Jennifer ed Antony, quasi diciotto mesi prima, lo spingeva a chiedersi se l'alta società non la mettesse a disagio. Federico si era imbattuto più di una volta in quella reazione. I media presentavano lui e gli altri membri della famiglia reale come qualcosa di più grande di quello che erano. Intoccabili. Perfetti.

Quanto odiava quella parola. *Perfetto.* La morte di Lucrezia gli aveva insegnato che era tutto, tranne che quello.

Considerate le sue origini, Pia avrebbe dovuto sapere che la nobiltà commetteva degli errori. Poteva anche essere una popolana, ma se Federico ricordava bene, il visconte Angelo Renati – un amico di Antony – era suo cugino di primo grado. Angelo, famoso per essere un donnaiolo, non aveva mai dovuto temere che i tabloid lo definissero perfetto. E se non da Angelo, Pia avrebbe potuto certamente imparare una o due cose sulla nobiltà dalla propria madre, dato che l'aristocrazia europea costituiva la maggior parte della clientela di Sabrina Renati. Ciò suggeriva che il comportamento bizzarro di Pia nei confronti di Federico significasse qualcosa di più.

Lui aveva il sospetto che, piuttosto che essere innervosita dai reali, Pia lo avesse squadrato, avesse visto oltre la sua facciata di Principe Perfetto e lo avesse giudicato indegno.

Federico scostò la pesante tenda per guardare meglio mentre Pia seguiva Harriet su per i gradini e nel palazzo. Una volta che le donne furono uscite di vista, Federico lasciò ricadere il pannello di velluto e voltò le spalle alla finestra. Avrebbe dovuto pensare ai suoi figli e ai problemi che aveva con la loro bambinaia... la terza, dopo la scomparsa della loro madre. Ma si ritrovò a voler ripercorrere la conversazione con Pia.

Sapeva di aver scelto il dovere piuttosto che l'amore quando aveva sposato Lucrezia. Frequentavano le stesse cerchie da quando erano bambini, si capivano, comprendevano la natura della regalità e la necessità, da parte dei principi, di contrarre buoni matrimoni e produrre eredi. Non erano mai stati innamorati, ma la cosa non aveva mai dato loro fastidio.

O almeno, non aveva turbato Federico fino a quando Lucrezia non era scomparsa e lui aveva compreso la differenza che faceva l'amore nella vita dei suoi due fratelli e di sua sorella.

Lucrezia era morta solo due settimane dopo che loro avevano assistito all'incantevole scambio di voti fra Antony e Jennifer. Da allora, Federico si era chiesto se la sua decisione di obbedire al dovere e sposare un membro dell'aristocrazia sanriminese non avesse impedito a Lucrezia di trovare un marito amorevole, come Antony era per Jennifer. Quando Federico aveva espresso le sue preoccupazioni a Marco – il più giovane dei suoi germani – Marco aveva giurato e spergiurato che Lucrezia si era prestata a quel matrimonio ben consapevole e che Federico non avrebbe dovuto provare nemmeno un grammo di senso di colpa, che non l'aveva privata di nulla. Federico e Lucrezia avevano preso le loro decisioni, aveva osservato Marco, ed Antony e Jennifer avevano preso le loro. Le relazioni erano uniche come gli individui che le formavano e non andavano paragonate le une alle altre.

Federico aveva annuito, non perché fosse d'accordo, ma per

concludere la conversazione. Lucrezia era stata una persona intelligente, bella ed eloquente. Dozzine di uomini l'avrebbero sposata per amore e lei se lo sarebbe meritato. Un amore romantico, appassionato, diverso da quello nato dal rispetto e dalla familiarità.

Lui non l'aveva mai amata quanto avrebbe dovuto amarla per sposarla. Lo aveva visto negli occhi di Lucrezia mentre insieme guardavano Antony ballare con Jennifer durante il ricevimento.

Che gli venisse un colpo se avrebbe defraudato i suoi bambini perché non sarebbe riuscito ad amarli con tutto se stesso.

Percorse il corridoio principale del secondo piano, quindi imboccò un altro corridoio, più piccolo, che portava al suo appartamento privato. La questione della bambinaia lo turbava. Le donne da lui assunte si erano rivelate deludenti perché lui non si era informato adeguatamente su di loro? Non era riuscito a trascorrere tempo sufficiente con i suoi figli per comprendere le loro necessità?

Fino a quel momento, non l'aveva mai pensata così. Paolo e Arturo erano bambini svegli e affettuosi e lui adorava assistere alle loro lezioni di musica o portarli in gita ai parchi e ai musei locali. Le allegre chiacchiere dei bambini gli alleggerivano il cuore quando lui si chiedeva se la sua vita esistesse anche al di fuori dei suoi doveri pubblici.

Ma le parole di Pia – parole che nessuno aveva mai osato rivolgergli – lo facevano dubitare.

No, si rimproverò. Si sentiva semplicemente in colpa perché Pia Renati parlava liberamente, cosa a cui lui non era abituato. La bionda era del tutto diversa da qualunque donna lui avesse mai conosciuto, ma ciò non significava che avesse ragione.

Un gridolino di dolore che poteva provenire solo da Arturo, suo figlio di sette anni, immobilizzò Federico. Lanciò un'occhiata fuori dalla finestra più vicina, poi udì un altro grido e si rese conto che il suono proveniva dal suo appartamento. Sebbene Arturo si facesse male di continuo, come qualunque ragazzino prossimo alla veneranda età di otto anni, Federico percorse il corridoio dal pavimento di marmo correndo piuttosto che camminando. Quando raggiunse la guardia posizionata vicino all'ingresso del suo appartamento privato, Federico riuscì a sentire anche il piccolo Paolo che piangeva e la voce acuta della loro frustrata bambinaia che chiedeva ai bambini di tacere.

"Vostra Altezza." La guardia lo salutò con un cenno del capo, quindi lanciò un'occhiata di sottecchi alla porta dell'appartamento.

"Cos'è successo?"

La guardia sollevò le mani. "Non lo so, ma credo nulla di serio. La signorina Fennini è lì dentro."

Federico ringraziò la guardia, poi entrò nell'appartamento e si diresse subito verso la stanza dei giochi dei bambini. Se la situazione fosse stata seria, la bambinaia sapeva di dover chiamare la guardia. E le era capitato di doverlo fare in passato.

Quando Federico aprì la porta della stanza dei giochi, si ritrovò di fronte al caos.

CAPITOLO 2

"Papà! Toglimelo di dosso!" gridò Arturo nel momento in cui notò Federico sulla soglia.

Il braccio di Arturo era incastrato in un antico vaso di ceramica e il cinquenne Paolo stava cercando di liberarlo, bianco in viso di paura per il fratello maggiore. Arturo gridò nuovamente a Paolo di smetterla di tirare, che rischiava di staccargli la mano, e aggiunse: "Ti sporcherò tutto di sangue!"

Alle spalle dei due, la bambinaia si teneva il telefono all'orecchio e gesticolava ai ragazzi di tranquillizzarsi. A occhio e croce, aveva chiamato il medico del palazzo per chiedergli aiuto nel liberare la mano intrappolata di Arturo. Se non altro, stava facendo qualcosa di utile, invece di chiacchierare come al solito con le sue amiche.

Federico andò per prima cosa da Paolo. Il viso del ragazzino si contrasse alla vista del padre, ma Federico riuscì ad allontanarlo dal fratello maggiore. Mentre Paolo emetteva un singhiozzo soffocato, il principe si rivolse ad Arturo. "Siediti e posa il braccio a terra. Non tenerlo sospeso."

Arturo si tranquillizzò immediatamente e lasciò cadere il posteriore sul tappeto dal motivo di macchinine e aeroplanini che copriva il pavimento della stanza, gli occhi spalancati che imploravano aiuto paterno.

"Bravo." Federico si sedette accanto ad Arturo, quindi si mise Paolo su un ginocchio, cercando di calmare il bambino mentre con le dita testava il vaso attorno al braccio di Arturo. Non sembrava troppo stretto, ma non voleva tirare, dato che i tentativi di Paolo non avevano fatto altro che agitare Arturo. "Riesci a muovere le dita?"

Arturo annuì. "Ma non riesco a tirare fuori la mano, papà."

"Oggi c'è il dottore del nonno. Verrà ad aiutarti. Sarai forte e aspetterai con pazienza?"

Il ragazzino raddrizzò le spalle e Federico gli arruffò i capelli. "Ottimo." Sussurrando, aggiunse: "Sarai di buon esempio per tuo fratello e i tuoi futuri cugini, se continui a essere così coraggioso."

La bambinaia concluse la telefonata, quindi corse al centro della stanza, dove Federico sedeva con i ragazzi. Fece una rapida riverenza. "*Mi dispiace*, Vostra Altezza. Ho chiamato il dottore; sta arrivando. Arturo voleva rompere il vaso per liberare la mano, ma ho pensato che non fosse una buona idea. Sembra costoso."

"No, se il dottore può liberargli la mano, è meglio evitare. Potrebbe tagliarsi con le schegge." Federico osservò il vaso verde chiaro, riconoscendolo come uno che la sua defunta madre aveva comprato durante un viaggio in Turchia quasi vent'anni prima. Aveva un grande valore sentimentale, ma lui sarebbe stato lieto di sacrificarlo per suo figlio, se necessario.

Un attimo dopo arrivò il medico e Arturo mostrò il braccio all'uomo maturo. "Mi è caduto dentro il soldatino, *dottore*," spiegò il bambino, sollevando il braccio e il vaso. "Non volevo restare incastrato."

Il dottore, che lavorava per la famiglia da quando Federico era giovane, rivolse ad Arturo un'occhiata di finto rimprovero. "Non dovresti ficcare le dita dove non devono stare, Arturo. Ma non è un problema. Tuo zio Marco ha fatto ben di peggio quando era giovane."

Arturo spalancò gli occhi e Paolo si mise a ridacchiare.

"Davvero?" chiese Paolo. "Zio Marco era *cattivo*?"

Vedendo che il peggio era passato, Federico lasciò andare Paolo, poi si allontanò per permettere al dottore di esaminare il paziente. Incrociò lo sguardo della bambinaia e inarcò un sopracciglio, a indicarle di seguirlo nell'angolo della stanza.

"Cos'è successo, Mona?" chiese una volta che furono fuori dalla portata dell'udito dei bambini.

La bambinaia ebbe la decenza di mostrarsi dispiaciuta. "Stavo facendo una passeggiata nei giardini, Vostra Altezza, quando Arturo si è reso conto di aver perso il suo soldatino. Siamo tornati nella stanza dei giochi per cercarlo e prima che io mi rendersi conto di cosa era successo, lui aveva infilato la mano nel vaso. Ha detto che il soldatino gli era caduto lì."

"E cosa ci faceva Arturo vicino al vaso? Il posto di quell'oggetto è su un piedistallo vicino all'ingresso dell'appartamento di mio padre. Non sulla strada dei giardini."

Un rossore si diffuse sulle guance della giovane donna, che cominciò a giocherellare con l'orlo della maglietta grigia, corta al punto da rivelare un'ampia striscia di pelle sopra i pantaloni neri aderenti ogni volta che lei si muoveva. Non per la prima volta, Federico si interrogò sulla bontà della sedicente agenzia esclusiva che gliel'aveva procurata. Gli avevano detto che il loro programma di formazione prevedeva discussioni sul modo appropriato di vestirsi per giocare all'aperto e al tempo stesso presentarsi in maniera sufficientemente ordinata e raffinata da non risultare fuori posto in un ambiente formale. Nonostante avesse trascorso tre mesi con la sua famiglia, Mona sembrava non comprendere l'importanza del mantenere un aspetto professionale.

Vestirsi in maniera informale andava bene. Scoprire il ventre, no.

Finalmente, la donna lasciò ricadere l'orlo. "Non lo so, Vostra Altezza."

"Non sa come ha fatto Arturo a trovarsi vicino all'appartamento di re Eduardo? O non sa dove ha trovato il vaso?" Federico cercò di non usare un tono di voce duro. Non voleva ferire i sentimenti della giovane donna, ma si chiese con quanta attenzione questa avesse sorvegliato Arturo. Non era la prima volta che Mona lo perdeva di vista e non era proprio sicuro per il giovane principe vagare da solo per i corridoi del palazzo. Sarebbe stato troppo facile per lui ritrovarsi nell'ufficio del padre e interrompere un'importante riunione di Stato, o allontanarsi dalle zone sicure e chiudersi fuori.

Peggio ancora, sarebbe potuto incappare in uno dei gruppi di turisti che avevano accesso agli ambienti pubblici. Avrebbe potuto succedergli di tutto. Avrebbero potuto fotografarlo, fargli domande indiscrete riguardo alla sua famiglia, rapirlo o peggio.

Molto peggio.

"Nessuna delle due cose, Vostra Altezza," rispose Mona, la voce colma di nervosismo. "Avevo Paolo in braccio, dato che era stanco di camminare. Arturo era dietro di me, ma quando mi sono voltata per fargli una domanda, era sparito. Ho pensato che potesse essersi distratto e aver preso una strada diversa per la stanza dei giochi, ma quando sono arrivata al vostro appartamento, la guardia ha detto di non averlo visto."

Un'ondata di ansia afferrò Federico per lo stomaco. "E lei non ha avvertito il personale? Non mi ha chiamato?"

"Poco dopo che ho parlato con la guardia, Arturo ha svoltato l'angolo e aveva la mano bloccata nel vaso." Ora, il volto della donna era completamente scarlatto e i suoi occhi erano colmi di lacrime. "Chiedo scusa. So che avrei dovuto chiamarvi prima, ma pensavo che fosse meglio portarlo nell'appartamento e cercare di togliergli il vaso dal braccio. Prometto che non succederà più."

Federico soffocò la frustrazione, cercando di tenere presente che la bambinaia era nuova a palazzo e che aveva solo diciannove anni. "D'accordo, Mona. Ma in futuro, la prego di tenere sempre d'occhio i ragazzi. Lei è la loro protettrice primaria in mia assenza e non tutti hanno buone intenzioni per quanto riguarda i miei figli. Se dovessero verificarsi altri incidenti, riprenderemo in considerazione il suo impiego."

Mona annuì. "Sì, Vostra Altezza."

"Grazie." Il tono di voce di Federico si attenuò e lui aggiunse: "So che si sta impegnando. Se posso fare qualcosa per facilitarle il lavoro, me lo faccia sapere."

La giovane rispose in maniera affermativa. In quel momento, entrambi i bambini lanciarono un grido di gioia. Il dottore sollevò il vaso. "Visto, Arturo? Dovevi lasciare la presa sul soldatino se volevi liberare la mano."

Federico si passò una mano sul viso, travolto da un misto di sollievo ed esasperazione. Arturo aveva continuato a stringere il soldatino? Come aveva fatto la bambinaia a non accorgersene?

Come aveva fatto *lui* a non accorgersene? Che razza di padre era?

Arturo si sfregò la mano, massaggiando lentamente la pelle arrossata fino a farle riprendere il colorito naturale, poi sollevò lo sguardo sul medico. "Come faccio a riprendere il soldatino? Non posso lasciarlo lì!"

Il dottore voltò il vaso e lo scrollò, facendo cadere il soldatino nella mano aperta di Arturo. "Così. State più attenti, d'accordo?"

I bambini annuirono, ansiosi di comportarsi bene di fronte al padre, se non con la bambinaia. "Sì, *dottore*."

Il dottore diede un'ultima occhiata alla mano di Arturo per assicurarsi che il ragazzino non avesse riportato lesioni, poi sorrise a Federico e se ne andò.

Federico si accovacciò di fronte ai ragazzi. Poteva anche non essere riuscito nell'impresa di liberare la mano di Arturo, ma non intendeva glissare sull'aspetto più serio dell'incidente. "Paolo, Arturo. Cosa vi avevo detto?"

"Di ascoltare la signorina Fennini," dissero all'unisono i due.

"E?"

"Di. Non. Allontanarci."

"Esatto." Federico spostò lo sguardo su Arturo. "Tu hai disobbedito, giusto?"

"Giusto, papà." Il ragazzino sollevò i profondi occhi marroni per incrociare lo sguardo di Federico e accentuò la presa sul soldatino, come se temesse che il padre glielo portasse via. "Prometto che non lo farò mai più. Prometto!"

"Allora ti prenderò in parola." Federico abbracciò entrambi i bambini, quindi si rivolse a Mona. "Questa sera, devo partecipare a una cena di beneficenza per l'Università di San Rimini. Se dovesse aver bisogno di qualcosa, terrò il telefono con me."

"Farò in modo che Arturo si comporti bene," promise Paolo.

"Tu sei responsabile solo per te stesso, Paolo. Tuo fratello farà il bravo. Lo ha promesso."

Federico uscì dalla stanza dei giochi, fermandosi per un attimo a raddrizzare una pila dei libri dei ragazzi, quindi si girò verso la porta per rivolgere un ultimo saluto ai suoi figli. Arturo aveva posato il soldatino in equilibrio precario su una lampada vicino alla sedia a dondolo della stanza dei giochi, avendo già dimenticato il padre mentre fingeva che il soldatino stesse per saltare da un aereo. Stando al gioco, Paolo corse alla grossa scatola dei giocattoli alla ricerca di qualcosa da usare per spingere il soldatino giù dalla lampada.

La bambinaia lo stava aiutando.

Federico scosse la testa, sapendo che probabilmente avrebbe trovato la lampada in frantumi entro la fine della serata. Mentre si chiudeva la porta alle spalle, ogni desiderio di partecipare alla cena svanì. Avrebbe tanto voluto poter congedare la bambinaia e trascorrere la serata con i suoi figli.

Pia Renati aveva ragione al cento per cento: lui trascorreva molto più tempo svolgendo i suoi doveri che con i suoi stessi figli.

Quando Federico entrò nel corridoio principale, la sua assistente personale gli si affiancò. Senza preamboli, Teodora cominciò a elencare gli eventi a cui lui avrebbe partecipato nei giorni a venire. Federico ascoltò con un orecchio solo. Riusciva a immaginare le domande che avrebbe fatto Pia se avesse udito la descrizione del suo imminente incontro con il capo dell'associazione dei pescatori nazionali. O del discorso che avrebbe fatto per l'apertura di un nuovo palazzo di uffici governativi.

Si chiese se la schietta, riccioluta bionda fosse in grado di proporre una soluzione al suo dilemma con la stessa facilità con cui lo aveva evidenziato.

Ne dubitava.

"Sono qui da due settimane e ancora non sono convinta che tu abbia bisogno di me," borbottò Pia rivolta a Jennifer mentre prendeva una bottiglia d'acqua da un piccolo frigorifero nascosto con perizia in un armadio antico. "Giuro che in questo posto c'è più gente che alla Casa Bianca e al 10 di Downing Street messi assieme."

"Ci vivono anche più persone, tutti con titoli reali, tutte con l'agenda fitta di impegni. È il lato negativo di una famiglia numerosa: ci vuole più personale, più protezione, più tutto." Jennifer, i cui capelli rosso fuoco e la morbida pelle d'avorio la facevano sembrare una regina di bellezza nonostante fosse incinta di nove mesi, emise un gemito ben poco attraente e agitò le dita dei piedi.

"Ma nessuno che possa sprimacciare il cuscino della signora?" la prese in giro Pia. "Poverina."

Jennifer lanciò un'occhiata al cuscino che le teneva sollevati i piedi. "Ah, ah. Tutto il personale del mondo a disposizione e tu sei l'unica con cui posso lamentarmi delle caviglie gonfie. O del fatto che sono chiusa in questa stanza da una vita. Con te, mi sento a mio agio come quando sono sola."

"Non sono certa che sia un complimento."

Pia svitò il tappo della bottiglia d'acqua, poi sollevò lo sguardo e vide che Jennifer le stava rivolgendo un'occhiata eloquente. "Lo è. Con te qui, non mi sembra che la mia privacy venga invasa. Sono con un'amica. E la parte migliore è che non ti muovi di soppiatto come se io fossi una celebrità con cui non si può parlare o che non si può guardare direttamente. Entrare a far parte di questa famiglia mi ha richiesto di abituarmi a molte cose."

Jennifer si allungò sul letto per aggiustare il cuscino in modo da avere ancora i piedi sollevati, ma ci rinunciò quando Pia le porse la bottiglia d'acqua e si assunse quel compito.

Antony era riuscito a fare brevi visite a casa dall'arrivo di Pia, ma non aveva potuto fermarsi per più di una notte alla volta. Inoltre, aveva ringraziato Pia per essere venuta lì, dicendole che si sentiva tranquillo sapendo che Jennifer aveva accanto a sé una persona che la metteva completamente a suo agio. Ciononostante, Pia non credeva di fare granché. Di sicuro non erano nulla rispetto al suo normale carico di lavoro, che la teneva sempre impegnata.

Gesticolò verso le lenzuola di lusso che coprivano il letto. "È completamente diverso da Haffali, no? Voglio dire, hai le unghie fatte, i capelli perfetti e, caviglie gonfie o no, sembri una donna degna di indossare un diadema di diamanti. Nessuno indovinerebbe mai che una volta dirigevi un campo profughi nel bel mezzo di una zona di guerra."

Jennifer emise una risata riluttante. "No, credo di no. La zona di guerra non mi manca, ma aiutare la gente, sì. Bloccata a letto in questo modo, non posso nemmeno partecipare a eventi di beneficenza. Mi sento completamente inutile."

"Io credo," disse Pia, lanciando un'occhiata alla vita gonfia di

Jennifer, "che dovresti concentrarti su te stessa e sul bambino, in questo momento. Non fraintendermi: al campo abbiamo sentito la mancanza del tuo aiuto quando sei scappata via per sposare un principe..." Agitò una mano a indicare l'ambiente raffinato che li circondava. "Ma il denaro che avete raccolto tu ed Antony e gli studenti che sponsorizzate tramite la vostra borsa di studio perché lavorino al campo ci hanno aiutati a riallocare i rifugiati e chiudere il campo mesi prima di quanto avremmo potuto fare altrimenti. Poi, tu mi hai raccomandata per il World HIV Relief, che si è rivelato un lavoro fantastico. Meriti di fare una pausa. Goditela."

Quando Jennifer non rispose, Pia aggiunse: "Se proprio devi fare qualcosa, pensa a un modo di ampliare la borsa di studio. Puoi farlo altrettanto bene incinta di nove mesi e spaparanzata in un appartamento reale di quanto lo facevi mentre lavoravi in una roulotte arrugginita. Anche meglio."

Jennifer bevve un lungo sorso d'acqua, poi agitò le dita in aria come per esultare. "Lieta di sapere che posso essere utile anche quando sembro una balena spiaggiata."

Un bussare alla porta li interruppe e Pia si scusò per andare a rispondere. Salutò la guardia, quindi tornò da Jennifer con le braccia cariche di posta, fra cui almeno due dozzine di lettere scritte a mano e tre scatole. "Non so come trovi il tempo per tutta questa roba," disse Pia mentre lasciava cadere tutto sul letto accanto a Jennifer.

"Di solito non lo trovo," ammise Jennifer, voltando una busta per leggere l'indirizzo del mittente goffrato sulla falda. "Harriet si occupa della maggior parte degli inviti e della corrispondenza di routine. Ma sono stufa di starmene qui e le ho chiesto se potessi farlo io, per spezzare la monotonia."

Pia prese un tagliacarte d'argento dalla scrivania di Jennifer nell'angolo, dono che Antony aveva fatto alla moglie poco dopo il matrimonio.

"Ho un compito da affidarti." Jennifer guardò i contenuti di una delle scatole. "Ho ordinato questa macchina fotografica per il compleanno di Antony, ma mi sono dimenticata di farla impacchettare."

Tirò fuori la macchina fotografica dalla scatola in cui era stata spedita per mostrarla a Pia. "Volevo dargliela questo fine settimana, dato che avrà modo di tornare a casa per un giorno prima che riprendano le trattative, ma non posso certo arrivare fino alla stanza del confezionamento regali per farlo da sola. E se la do a qualcuno del personale, quello vuoterà il sacco."

"In questo posto c'è una *stanza* apposta per incartare i regali?" Pia posò il tagliacarte in cima al mucchio di inviti e lettere sul letto. "Stai scherzando."

Jennifer le porse la macchina fotografica e si strinse nelle spalle. "Lo so. È assurdo, vero? Ma spero che non ti dispiaccia fare il pacchetto."

"Certo che no. Sono qui per questo," rispose Pia mentre si rigirava la macchina fotografica fra le mani. Antony sarebbe stato felicissimo di quel dono, dato che avrebbe potuto usarlo per scattare delle fotografie di suo figlio neonato. "Ho bisogno di qualcosa fare che non sia starmene seduta qui a porgerti fazzoletti o portarti acqua. Non credo di essere mai stata così pigra in vita mia."

"Idem," ammise Jennifer. "Continuo a dirmi che è per il bene del bambino e che non durerà ancora a lungo. Trentasei settimane sono passate; ne mancano ancora quattro." Diede a Pia le indicazioni per raggiungere la stanza del confezionamento, che si trovava dietro la cucina principale del palazzo, quindi la congedò con un gesto.

Pia rimise la macchina fotografica nella scatola se la mise sotto il braccio e uscì dall'appartamento di Jennifer ed Antony. L'aria fresca dei giardini del palazzo penetrava dalle finestre aperte del corridoio e il suo passo si fece più leggero mentre inalava il profumo del prato appena tagliato. Sebbene fare un pacchetto, di solito, le sarebbe parsa un'attività molto banale, quel giorno era come una liberazione.

Era stato difficile trascorrere la maggior parte delle due settimane dal suo arrivo seduta, leggendo nella stanza di Jennifer mentre la sua amica dormiva o portandole qualunque cosa di cui lei avesse bisogno, in modo che si alzasse il meno possibile. L'amica sosteneva di sentirsi bene e tutto indicava che il suo bambino fosse sano, ma le emorragie ricorrenti e inspiegabili che aveva avuto alcune settimane prima avevano preoccupato l'ostetrica al punto da spingerla a non correre rischi. Antony aveva concordato con la valutazione della dottoressa, pur sapendo che sua moglie non avrebbe potuto accompagnarlo nemmeno a eventi locali, figuriamoci nel viaggio in Medio Oriente.

Per quanto accidiosa si sentisse Pia, sapeva che la sua presenza faceva sentire Jennifer meno sola, ora che Antony era in Israele e poco raggiungibile. Inoltre, lei le offriva una via di sfogo sicura per discutere della gravidanza e del suo abituarsi alla vita presso la Rocca senza temere che diventasse argomento di conversazione fra il personale di palazzo. O peggio ancora, che finisse in pasto ai media, nel caso questi ultimi ne avessero avuto sentore.

Come Jennifer, Pia era abituata a muoversi, tenendo in salute tanto il corpo quanto la mente. Leggere più di un libro al giorno e guardare la televisione per ore e ore aveva perso rapidamente il suo fascino e lei si era ritrovata a pensare al lavoro. Una volta che Antony fosse tornato a casa e Jennifer avesse partorito senza problemi, Pia sarebbe potuta passare al prossimo incarico per il World HIV Relief, l'organizzazione non profit con base a Washington per cui lavorava. Questa volta, sarebbe andata nell'Africa sud sahariana, dove avrebbe seguito la fase finale della costruzione e del reclutamento del personale per tre residenze destinate ai bambini che avevano perso i genitori nell'epidemia di AIDS. Sebbene le tre strutture non fossero nemmeno lontanamente sufficienti a soddisfare la domanda, lei traeva conforto dal pensiero che almeno alcuni bambini orfani avrebbero potuto trovare un posto dove vivere, cibo sano e la possibilità di ricevere un'istruzione. Per non parlare dell'amore e del conforto che gli operatori fornivano in abbondanza.

Mentre i centri erano in costruzione, Pia avrebbe avuto l'occasione di viaggiare per il Mozambico, il Sudafrica e lo Zimbabwe, istruendo giovani uomini e donne sulle realtà dell'HIV. Sperava che sarebbe riuscita a evitare che quelle persone contraessero il virus e si lasciassero alle spalle ulteriori orfani. Sebbene gli alloggi non sarebbero stati nemmeno lontanamente confortevoli come quelli presenti – nulla era lussuoso quanto la Rocca – lei amava la possibilità di aiutare coloro che avevano bisogno di lei. Era davvero soddisfacente vedere la differenza che i suoi sforzi facevano nella vita di un bambino povero e bisognoso o di una disperata giovane donna.

Mentre Pia scendeva la scalinata, ricordò a se stessa che il periodo con Jennifer era una vacanza e che lei avrebbe dovuto impegnarsi di più per godersela. Nel giro di poche settimane, probabilmente avrebbe sentito la mancanza della possibilità di mettersi comoda e chiacchierare di cose normali.

Arrivata in fondo alle scale, svoltò a sinistra. Incapace di resistere alla curiosità, diede una sbirciatina nella biblioteca del palazzo, dove Jennifer aveva detto che diversi membri della famiglia tenevano le loro collezioni private di libri. L'ambiente era molto sereno e le avevano detto che occasionalmente capitava di trovare re Eduardo seduto a tarda notte su una delle poltrone di seta gialla, con un libro in mano, quando aveva bisogno di rilassarsi dopo una giornata faticosa.

Quattro stanze dopo la biblioteca, Pia aprì le porte che portavano alla sala da pranzo privata della famiglia diTalora, che veniva utilizzata per i pasti informali, in contrasto con la sala da pranzo di Stato dall'altra parte del palazzo, usata per le cene di Stato e per i pasti con i dignitari in visita.

Malgrado le campane della cattedrale più grande di San Rimini, il vicino Duomo, battessero il mezzogiorno con forza sufficiente da essere udibili dall'interno del palazzo, la sala da pranzo della famiglia era vuota. La principessa Isabella e il suo nuovo marito, Nick, avevano appena concluso una posticipata luna di miele alle Fiji, ma si erano fermati a New York lungo il viaggio di ritorno per assistere all'apertura di una mostra di arte sanriminese. Il principe Marco e sua moglie da quasi un anno – Amanda, l'amica di Jennifer – erano in Inghilterra per una visita di Stato troppo a lungo rimandata. Ed era raro che re Eduardo potesse consumare un pasto senza che questo facesse parte di questa o quella riunione.

Pia non si era aspettata di trovare Federico intento a pranzare. Sul serio. Tuttavia, si stupì di ritrovarsi delusa dalla sua assenza.

Non aveva visto il principe dal loro breve tragitto dall'aeroporto, ma questi continuava a entrare nei suoi pensieri, anche quando lei cercava di distrarsi con un libro o con le sue ricerche per il nuovo incarico in Africa. Probabilmente, in assenza del resto della famiglia e con Jennifer che consumava i pasti in camera, Federico e i suoi figli mangiavano nel loro appartamento.

Si soffermò per un momento a osservare il lungo tavolo della sala da pranzo, il buffet e gli eleganti dipinti a olio. Per la maggior parte delle persone, una stanza del genere sarebbe stata un'ostentazione. Ma per la famiglia diTalora, un tavolo vicino alla cucina del palazzo – quali che fossero gli orpelli della stanza – significava mangiare in maniera informale. C'era persino la possibilità che si presentassero in polo e pantaloni, invece dei consueti completi da giorno.

I profughi con cui lei aveva lavorato sarebbero rimasti sbalorditi nell'entrare in una stanza del genere, figurarsi dal mangiarci dentro. Lei stessa provava quella sensazione mentre percorreva i corridoi del palazzo e sbirciava nelle sue stanze sontuosamente decorate. Aveva impiegato diversi giorni ad abituarsi alla bellezza dell'appartamento privato di Jennifer ed Antony, sebbene Jennifer sostenesse di averlo un po' ridimensionato da quando aveva sposato Antony e si era trasferita.

In modo inatteso, le balzò alla mente un'immagine dell'aspetto che doveva avere l'appartamento di Federico. Formale, naturalmente. Più di quello di Antony e Jennifer, considerata la personalità rigida del principe e della sua defunta moglie. Ricchi tessuti. Giocattoli disposti in ordine perfetto. Costosi doni di dignitari stranieri in mostra sugli scaffali. Un enorme letto dalle pregiate lenzuola di seta.

Pia si scrollò di dosso quell'immagine in particolare, poi si chiese Federico si sentisse mai in trappola vivendo alla Rocca. Sebbene il principe fosse cresciuto al palazzo e circondato dal suo lusso, prima che lui e Lucrezia si sposassero e avessero dei figli, aveva trascorso la maggior parte del tempo in viaggio, come rappresentante di San Rimini all'estero. La sua vita era stata colma di avventure: incontri con dignitari, stesure di accordi politici ed economici, innumerevoli ricevimenti ed eventi di beneficenza. Probabilmente aveva visto di tutto, da nazioni che faticavano a sopravvivere a superpotenze con risorse economiche maggiori di quelle a disposizione di interi continenti. Aveva trascorso del tempo negli ospedali a parlare di riforme necessarie, aveva conosciuto famiglie impoverite che faticavano a tirare avanti e visitato eleganti leader politici che lavoravano dietro scrivanie di mogano. In quanto principe, faceva tutto parte del suo lavoro. E gli dava anche un punto di vista più ampio sul mondo.

Ma ora che era genitore unico di Arturo e Paolo, Federico aveva fortemente limitato i viaggi legati ai suoi doveri pubblici. Non doveva essere stato facile per lui trascorrere tutto il tempo in un posto solo, proprio come non lo era stato per lei nelle ultime due settimane.

Ma il soggiorno di Pia era solo temporaneo. Federico avrebbe dovuto abituarsi in via permanente.

"Non pensare a lui," si ammonì mentre attraversava la stanza vuota, i suoi passi che riecheggiavano sul legno. Varcò la soglia della cucina di palazzo, ma l'immagine degli zigomi alti e degli intelligenti occhi azzurri di Federico si rifiutò di lasciarle la mente.

Come poteva un uomo solo, una persona con cui lei aveva trascorso appena una mezz'ora a parlare, occupare i suoi pensieri a esclusione di tutto il resto?

Noia. Doveva essere quella spiegazione. Una volta tornata a lavorare, Pia avrebbe completamente dimenticato l'incontro con il Principe Perfetto.

Dopo che lei ebbe raggiunto la cucina, uno dei cuochi la indirizzò verso la porta della vecchia cantina del palazzo, che a quanto pareva era stata convertita in centro di impacchettamento quando la cucina era stata restaurata e una nuova cantina costruita. Ma la stanza aveva ancora l'atmosfera di una cantina, con il pavimento di mattonelle italiane, le pareti prive di finestre e la temperatura bassa.

Un grosso tavolo di metallo con spazio sufficiente a impacchettare diversi doni dominava la stanza. Lungo la parete di fondo, nastri di vari colori pendevano da rocchetti giganteschi. Alla sinistra e alla destra di Pia, dove un tempo erano in mostra vini pregiati, carta da regali appropriata per ogni occasione immaginabile riempiva scaffali che andavano dal pavimento al soffitto. Su entrambi i lati della porta c'erano scatoloni di plastica contenenti nastri, fiocchi e sacchetti. Una taglierina e diverse paia di forbici erano posate sulla sommità di ciascuno scatolone. In un organizer separato, eleganti cartoncini bianchi e le buste che li accompagnavano sfoggiavano lo stemma della famiglia diTalora, per identificare la provenienza dei doni. Una serie di stilografiche risiedeva in un vicino portapenne dall'area costosa.

Quella stanza avrebbe fatto impallidire la maggior parte delle postazioni di confezionamento regali dei negozi.

Pia posò la macchina fotografica sul tavolo di metallo ed esaminò la carta, optando infine per un motivo a plaid blu e argentato. Festoso, ma elegante. Staccò il rotolo dalla parete, lo mise sul tavolo e osservò la gigantesca taglierina, cercando di capire il modo migliore per inserire la carta. Dopo aver trovato una soluzione, caricò la carta sulla bobina.

"Credo che l'abbia messa al contrario."

Pia sobbalzò e per poco non si amputò una mano con la lama della taglierina. "Ehm, Vostra Altezza, non vi avevo sentito entrare."

Federico sorrise dalla soglia – un sorriso cortese, ma riservato – poi si mise al suo fianco, tolse la carta dalla bobina e la riposizionò. "Se la mette così, otterrà un taglio più netto." L'uomo si accigliò e inclinò la testa. "Si dice così, vero?" Ripeté la frase in italiano, per assicurarsi che Pia capisse cosa intendeva.

"Sì, Vostra Altezza."

Il principe annuì, come se fosse compiaciuto di essersi fatto venire in mente la frase giusta, quindi riportò l'attenzione alla taglierina. Stava per tagliare la carta per lei, ma diede un'occhiata al disegno e si fermò. "È per Jennifer?"

"È un dono per Antony da parte di Jennifer."

"Capisco. Allora ha scelto bene."

L'uomo tagliò la carta, quindi fece scivolare il foglio sul tavolo fino al punto in cui lei aveva posizionato la macchina fotografica.

"Non voglio sembrare curiosa, Vostra Altezza–"

"La prego, signora Renati. Lei è ospite nella nostra casa e probabilmente rimarrà qui ancora per diverse settimane. Si senta pure libera di darmi del tu."

"Va bene... Federico." Per qualche motivo, ciò non le sembrava appropriato. Non quando il principe continuava a parlare in maniera tanto formale, usando espressioni come "si senta pure libera" come se stesse concedendo un permesso reale, mentre lei usava un vocabolario ricco di americanismi. Ma Pia non intendeva certo andare contro i desideri dell'uomo.

E poi, le piaceva il suono che aveva il nome di lui sulla lingua. "Federico" suonava forte, mascolino. Perfetto per l'uomo che lei aveva di fronte.

"Mi stavo chiedendo cosa ci facessi qui," proseguì Pia. "Non penso che frequenti spesso questa zona del palazzo."

Lui le sorrise. Questa volta, era un sorriso genuino, di apprezzamento, che la scaldò dentro. "No, infatti. Ma ho un dono per Jennifer." Il principe gesticolò verso l'estremità del tavolo e Pia si rese conto che aveva appoggiato un libro nell'entrare nella stanza. Pia lesse il titolo ad alta voce, incapace di trattenere lo stupore. "*Guida per mamme scialle al primo anno del bambino?*"

"L'ho acquistato durante un viaggio negli Stati Uniti, qualche anno fa. Ho pensato che Jennifer potrebbe apprezzarlo."

Pia gli lanciò un'occhiata di sottecchi. "Detesto accusarti di mentire, ma Jennifer non era incinta qualche anno fa."

L'uomo esitò. "No. Allora, le rivelerò un segreto."

Pia inarcò un sopracciglio. "Lo avevo acquistato per Lucrezia, quando era incinta di Paolo. Ma lei non ha mai trovato il tempo per leggerlo. Ho cercato di trovare una copia nuova per Jennifer, dato che ho pensato potesse essere di suo gradimento, ma non era disponibile a San Rimini, per cui..." Il principe sollevò le mani in un gesto di resa. "Temo che mi abbia scoperto."

Pia rivolse al libro un'occhiata eloquente, poi sorrise al principe. "In America, questo è quello che si dice un regalo riciclato. A volte, la gente fa così quando riceve un dono che non gradisce, ma non può restituire."

Un'espressione stupita attraversò il volto di Federico. "Riciclato? È una pratica comune?"

Pia cercò – senza successo – di non ridere del palese shock del principe. L'espressione "regali riciclati" non faceva parte del vernacolo sanriminese. "Scandaloso, vero? Ma non preoccuparti. È stata Jennifer a parlarmene per la prima volta. Rimarrà commossa da questo regalo, riciclato o meno che sia."

"Manterrà il mio segreto?"

Pia si tracciò una X sul petto. "Naturalmente."

"Grazie." L'uomo si voltò, osservando i numerosi rotoli di carta. Mentre lo faceva, Pia spostò con discrezione lo sguardo da Federico al libro. No, non riusciva a immaginare Lucrezia che faceva scricchiolare quella costa. Ma Federico che comprava un libro su come diventare una mamma rilassata? Era altrettanto difficile da immaginare. E il principe aveva cercato di comprarlo due volte. A quanto pareva, in lui c'era più che un bell'aspetto e un titolo aristocratico.

"Signora Renati?"

Lei distolse lo sguardo dal libro e vide che il principe la stava osservando. "Pia. Per favore."

Lo sguardo dell'uomo si scaldò. "Pia, dunque. Mi aiuteresti a scegliere la carta? Ho familiarità con i gusti di mio fratello, ma non conosco quelli di Jennifer bene quanto dovrei."

I nervi di Pia si placarono. "Ne sarei felice." Osservò i rotoli e alla fine scelse una semplice carta blu tono su tono con un motivo a tralci e volute.

"Non sarebbe meglio una carta come questa?" L'uomo sfiorò con un dito un rotolo di carta che raffigurava agnelli rosa e conigli blu da cartone animato, su sfondo giallo.

Pia fece una smorfia. "Tienila per dopo. Il regalo è per Jennifer, non per il bambino. Meglio qualcosa di elegante. Di bello."

Federico tornò a guardare la carta blu. "È una fortuna che tu fossi qui. Mi sarei reso ridicolo."

Pia gli posò una mano sul braccio. "No. In primo luogo perché Jennifer non è un tipo che giudica e in secondo luogo perché la maggior parte degli uomini nella tua posizione non si sarebbe presa il tempo di comprare un dono così ragionato, figuriamoci impacchettarlo di persona. Lo trovo dolce."

Federico abbassò lo sguardo sul punto in cui le dita di Pia erano posate sul suo braccio. Lei si immobilizzò, rendendosi conto di cosa aveva fatto. Di cosa stava *ancora* facendo.

Si stava rendendo ridicola.

CAPITOLO 3

FEDERICO APRÌ la bocca per parlare, esitò, poi le rivolse un sorriso cordiale. "Sei gentile."

Pia ritrasse la mano dal braccio di Federico, inorridita per averla messa lì senza pensarci. Fece un passo avanti in modo da non incrociare lo sguardo dell'uomo, quindi staccò il rotolo di carta blu dalla parete e glielo porse.

Lavorando fianco a fianco, lei e Federico incartarono i doni. Con l'eccezione del fruscio della carta tagliata e piegata o l'occasionale suono del nastro adesivo strappato dal suo dispenser, la stanza era silenziosa.

Cosa le era venuto in mente? Non si poteva toccare un membro della famiglia reale come se niente fosse. Peggio ancora, nonostante la manica della stiratissima camicia grigia, durante quel breve contatto lei aveva notato la robustezza dell'avambraccio dell'uomo e il calore del suo corpo. Aveva compiuto quel gesto per dargli conforto, come avrebbe fatto con uno qualunque delle centinaia di rifugiati che aveva aiutato nel corso degli anni. Ma quella era la prima volta che sperimentava una reazione fisica a un contatto tanto banale e il pensiero la turbava.

"Fatto." Federico mostrò il suo pacchetto. "Un fiocco bianco sarebbe appropriato?"

Pia annuì e Federico si voltò per sceglierne uno dal contenitore vicino alla porta mentre lei piegava la carta attorno all'estremità della scatola della macchina fotografica. Mentre si chinava per fermare con il nastro l'ultimo lembo, qualcosa le sfiorò il gomito. Lei lanciò un'occhiata di sbieco e vide che Federico aveva fatto scivolare sul tavolo un grosso fiocco blu.

"Credo che Antony apprezzerebbe."

Pia esalò il fiato, rendendosi conto, nel farlo, di quanto l'aveva resa nervosa il silenzio dell'uomo. "Grazie. È perfetto."

Strappò un altro pezzo di nastro dal dispenser e appiccicò il fiocco alla scatola. "Visto? Sai quello che fai. Non avevi bisogno di me."

"Non sono d'accordo."

Pia sollevò lo sguardo per ribattere, ma in quel momento colse una punta di ilarità negli occhi dell'uomo, che la spinse a chiedersi se lui stesse civettando. Ma poi Federico aprì la porta della cucina e il suono dello scambio di battute fra un cuoco e un addetto alle consegne infranse l'incantesimo.

"Li portiamo a Jennifer?" Federico tenne aperta la porta con il braccio, a indicare che si aspettava che lei lo precedesse.

"Ah, sì." Pia prese la macchina fotografica e si chinò per oltrepassare il principe, badando a non entrare in contatto con lui. Mentre si dirigevano verso l'appartamento di Jennifer ed Antony, l'uomo le descrisse alcune delle stanze che oltrepassarono, la loro storia e gli oggetti che contenevano. Nel frattempo, Pia cercò di non pensare a quanto era attraente l'uomo nella camicia grigia e i pantaloni color antracite, a quanto era pulito e meraviglioso il suo profumo mentre le camminava accanto, o alla ricca cadenza della sua voce mentre descriveva la sua casa. Quell'uomo era carismatico. La faceva sentire importante. Due tratti che raramente si abbinavano.

Vedovo con due figli, ricordò a se stessa Pia mentre raggiungevano le scale. *Assolutamente no, non importa quante qualità abbia.*

Come se i suoi pensieri li avessero evocati, il battere di piedi piccoli e il suono delle risate spontanee dei bambini giunsero da un punto sopra di loro. Federico si accigliò e Pia ebbe la sensazione che i suoi figli non avessero il permesso di giocare in corridoio.

Ma Federico non modificò l'andatura. Invece, si limitò a osservare: "Sono i miei figli, Arturo e Paolo. Sospetto che avrai occasione di conoscerli prima che raggiungano la stanza dei giochi."

"Sembrerebbe che si stiano divertendo."

"Sì." La voce del principe era tranquilla, ma a giudicare dall'espressione cupa sul suo volto, Pia decise che non sarebbe stato divertente essere nei panni della bambinaia quando Federico avrebbe raggiunto la sommità delle scale.

Proprio mentre Pia arrivava all'ultimo gradino e spostava lo sguardo sul corridoio in cerca della fonte delle risate, qualcosa di piatto e marrone sfrecciò nella sua visione periferica. Immediatamente, una fitta di dolore la trafisse alla tempia, facendola quasi cadere a terra. Di riflesso, si portò una mano alla fronte e le punte delle sue dita trovarono pelle lacerata. Udì un brusco respiro proveniente dall'altra parte del corridoio nello stesso momento in cui lo scalpiccio dei bambini si arrestò bruscamente.

Un boomerang intagliato a mano giaceva ai suoi piedi. Federico si chinò a raccoglierlo, poi incontrò il suo sguardo stupito.

"Pia, sei ferita!" Si tastò le tasche fino a quando non trovò un fazzoletto, glielo premette sulla tempia, poi la condusse verso una poltrona dall'aria antica sotto una delle ampie finestre del corridoio.

"Va tutto bene," lo rassicurò lei. Le era capitato di cadere e tagliarsi sul lavoro abbastanza spesso da sapere che non aveva subito danni permanenti. Non le girava la testa e non si sentiva svenire. Ma quando fece per prendere il fazzoletto da Federico e premerselo contro la testa, la sua mano sfiorò quella dell'uomo e lei si rese conto che il suo sangue inzuppava tanto il tessuto quanto le dita di lui.

"Chi è che porta in giro un fazzoletto, di questi tempi?" chiese, nella speranza di alleviare l'espressione preoccupata di Federico.

"Chiunque abbia dei figli. Ti stupirebbe sapere quanto spesso mi capita di averne bisogno."

All'improvviso, Pia notò il grido spaventato di un bambino e si voltò, vedendo due ragazzini che si facevano piccoli contro uno stipite. Sebbene entrambi avessero espressivi occhi marroni molto diversi da quelli azzurri di Federico, il colore della pelle, i lineamenti e i capelli scuri erano identici a quelli del principe, il che non lasciava dubbi sul loro retaggio.

L'espressione del ragazzino più piccolo si contrasse quando Pia lo guardò, gli occhi serrati per non far uscire le lacrime. Poi la sua bocca si spalancò con la mestizia di un bambino che si rendeva conto di aver fatto involontariamente del male a un'altra persona. Il ragazzino più grande era alle spalle del piccolo, palesemente più preoccupato della reazione paterna che non delle lacrime di suo fratello.

Tuttavia, quando Pia incrociò il suo sguardo, il bambino più grande fece un passo avanti. "*Mi dispiace*. Spero che non le faccia troppo male." Poi guardò Federico. A voce più bassa, disse: "Non volevo, papà."

Federico trafisse il figlio maggiore con un'occhiata da cui trapelava tutto il suo dispiacere. "Arturo, dov'è la signorina Fennini?"

"Sono qui, Vostra Altezza." La bambinaia giunse di corsa alle spalle di Arturo e Paolo, il fiato corto e l'espressione due volte più agitata di quella dei bambini. "Mi dispiace spaventosamente, ma–"

"Chiami il mio autista, per favore. Devo portare la signora Renati in ospedale."

Federico doveva aver percepito la protesta che Pia aveva sulla punta della lingua, perché si voltò verso di lei e disse: "Abbiamo un medico di palazzo per le emergenze, ma credo che avrà bisogno di punti di sutura. Meglio che sia fatto in ospedale, in modo da ridurre il rischio che le rimanga un segno." Si accigliò prima di aggiungere: "Ha capito? *Cicatrice?*"

Una cicatrice? Non per un taglietto alla fronte. "Non credo sia necessario–"

"Telefono subito," la interruppe la bambinaia, per poi voltarsi nella direzione opposta.

"Signorina Fennini?"

La bambinaia si voltò verso Federico e Pia ebbe un tuffo al cuore nell'udire il tono di voce del principe. "Dopo che avrà parlato con il mio autista, la prego di chiamare la mia assistente, Teodora. Le spieghi cos'è successo e le chieda di trovare un'altra persona che stai con i bambini, questa sera."

Sulla base dell'espressione imbarazzata sul volto della bambinaia e di quella determinata sul volto di Federico, Pia si rese conto di aver appena assistito a un licenziamento. Non disse nulla, pur avvertendo un'ondata di compassione per la giovane donna. Seguita da un travolgente senso di déjà-vu. Quanti anni aveva quando aveva fatto la baby-sitter per la prima volta? Non molti meno della bambinaia. E anche nel suo caso era finita male, lasciandole ferite più profonde di quella che le aveva inferto il boomerang.

Una volta che la bambinaia si fu allontanata, Pia si costrinse a ignorare la testa pulsante e fece l'occhiolino ai ragazzi. "Gli incidenti succedono. Va tutto bene." Sperò che anche Federico cogliesse il messaggio e desse alla bambinaia una seconda possibilità.

Entrambi i bambini sembravano ancora agitati, per cui Pia

usò il braccio libero per contrarre il bicipite. "Sono forte. Una botta in testa non è niente."

Il bambino più grande, Arturo, abbassò lo sguardo, ma lei vide che nascondeva un sorriso.

"Mi chiamo Pia Renati. Tu?" chiese al bambino piccolo.

"Paolo."

"Paolo. È uno dei miei nomi preferiti! Mio padre si chiamava Paolo ed è anche il secondo nome di mio cugino."

Arturo sollevò la testa, l'espressione luminosa. "Il visconte Renati? È amico di zio Antony."

"È molto gentile," bisbigliò Paolo. "Ha mandato dieci fiori a zia Jennifer dopo che lei ci ha detto che ha un bambino nella pancia."

Pia sorrise, cercando di ignorare l'emicrania sempre più intensa. "È proprio da lui."

Accanto a lei, tuttavia, Federico grugnì.

Pia non trascorreva molto tempo con Angelo, dato che le loro personalità erano agli antipodi. Ma considerata la reazione di Federico, questi conosceva la reputazione di Angelo per il suo civettare svergognato, soprattutto quando la stampa era presente per vederlo e fotografarlo. Non c'era da stupirsi che Federico avesse sospettato che lei potesse non essere discreta riguardo alla condizione di Jennifer.

Nonostante la personalità che Angelo ostentava in pubblico, Pia sapeva che non avrebbe mai rivelato informazioni riservate sulla famiglia reale ai media. Rispettava i diTalora e attribuiva grande valore all'amicizia con Antony. Forse, Pia avrebbe potuto chiedere a Jennifer di chiarire le cose con Federico. Avrebbe dato al principe un motivo in meno per preoccuparsi di lei.

Il che, considerata l'ansia incisa sul volto dell'uomo mentre si allungava a sollevare il fazzoletto e osservarle la fronte, sarebbe stato un bene.

"Non è grave, Federico," gli assicurò mentre si premeva

nuovamente il fazzoletto sulla fronte. "Le ferite alla testa tendono a sanguinare molto. Questo non significa che siano gravi."

Il principe lanciò un'occhiata ai suoi figli. "Non avrebbero dovuto lanciare quell'arnese al chiuso."

"Avevi mirato alla finestra, vero, Arturo?" scherzò Pia. "Dopotutto, è aperta. È quasi come essere fuori."

Arturo si portò una mano alla bocca per nascondere un sorriso al padre e Pia si rilassò, sapendo che il bambino era finalmente a suo agio. Ma Paolo continuava a fissarla con gli occhi sbarrati. Il sangue aveva inzuppato il fazzoletto e le aveva sporcato le dita.

"Paolo, puoi farmi un favore? Guarda fuori dalla finestra e vedi se sta arrivando l'auto di tuo padre."

Paolo si recò alla finestra e si alzò in punta di piedi per portare il mento oltre il livello dell'avanzare. "Non ancora." Si guardò alle spalle rivolse a Pia un sorriso timido. "Ma vedo il nonno. Sta entrando."

Meno di un minuto dopo, re Eduardo raggiunse la sommità delle scale. Indossava un completo color navy di ottima fattura e una camicia azzurro cielo che lo ringiovaniva molto. Il suo sguardo penetrante prese atto dei bambini, del boomerang e della fronte insanguinata di Pia. Avendo valutato la situazione, il re convocò i ragazzi al proprio fianco. I due si mossero come fulmini, senza fare domande.

Pia aveva la sensazione di doversi alzare, ma il re le fece cenno di restare seduta. "Per favore, non c'è bisogno." Ciò detto, si rivolse a Federico. "Mi hanno detto che vuoi portarla in ospedale."

"Sì."

Anche se non avesse visto il suo volto in centinaia di edicole o sulle monete di San Rimini, Pia avrebbe capito che Eduardo diTalora era un re semplicemente dalla sicurezza del suo atteggiamento e dal modo in cui impartiva ordini a coloro che li circondavano.

"Oggi non ho altri impegni," disse il re a Federico, "per cui guarderò Arturo e Paolo. Posso portarli alla vecchia armeria e mostrare loro le armi e le armature restaurate da Nick. Si divertiranno e potranno imparare la storia medievale di San Rimini."

"Grazie. Vi sono grato." Federico gesticolò verso una vicina sedia, dove aveva posato i doni impacchettati. "Potreste anche far consegnare questi a Jennifer e informarla di ciò che è accaduto?"

"Naturalmente."

Il re fece prendere un pacchetto a ciascun bambino, poi si concentrò su Pia. "Jennifer avrà bisogno di assistenza mentre lei è in ospedale? Posso trovare qualcuno che resti con lei."

Pia scosse la testa, la tempia che pulsava mentre lo faceva. "Credo che preferisca un po' di intimità, Vostra Altezza. Non credo che rimarrò via a lungo."

Dopo essersi scusato per il comportamento dei nipoti e averle augurato la pronta guarigione, il re accompagnò i bambini al piano di sotto.

"Grazie per essere stata così gentile con i miei figli," disse Federico una volta che il re e i giovani principi furono fuori portata d'orecchi. Il suo sguardo era fisso sulla fronte insanguinata di Pia, ma nonostante l'assenza di contatto di sguardi, le sue parole contenevano un'emozione sufficiente da farle capire che era davvero grato. "Hai un talento naturale nel gestire i bambini."

Lei liquidò il complimento con un gesto. "Immagino derivi dall'aver lavorato con tanti di loro nei campi profughi."

Rivolgere qualche parola gentile a un bambino sconvolto, che fosse in un campo lacerato dalla guerra o in un palazzo reale, non significava un talento naturale, né era paragonabile ai doveri di un genitore a tempo pieno, ma lei non voleva contraddire il principe. Non quando l'uomo le premeva il fazzoletto sulla testa.

Dalla finestra aperta, Pia udì un rumore di copertoni sul viale di ghiaia. Federico lanciò un'occhiata fuori per assicurarsi che fosse la sua auto, poi si chinò, le disse di premersi il fazzoletto contro la tempia e la sollevò dalla sedia, prendendola in braccio.

"Vostra Altezza–"

"Federico."

"Non... non c'è bisogno che mi porti di peso. Riesco a camminare. E ti sto sporcando tutta la camicia di sangue."

L'uomo accentuò la presa. "Ne ho altre. Ora passami il braccio libero attorno alle spalle. Non voglio farti cadere sulle scale. Sarebbe sicuramente peggio di qualunque cosa ti abbiano fatto i miei figli."

Pia fece come lui aveva chiesto, anche se il principe la reggeva abbastanza forte da spingerla a dubitare che sarebbe scivolata. Federico aggrottò la fronte mentre scendeva con attenzione lungo le scale.

Quando il palmo della mano di Pia si appiattì contro la schiena dell'uomo e lei sentì la larghezza dei muscoli sotto il braccio, lei chiuse gli occhi e decise che forse i figli del principe avevano fatto anche qualcosa di buono.

FEDERICO NON RIUSCIVA A CREDERE alla quantità di fotografi che si era radunata fuori dall'ingresso principale dell'ospedale.

Si chiese cosa avesse esattamente saputo la stampa: che aveva licenziato la terza bambinaia nel giro di due anni, che un'ospite di palazzo era rimasta ferita, che erano stati i suoi figli a provocare il danno o, peggio di tutto, che era stato visto mentre trasportava una bionda sanguinante, ma bellissima, dall'ingresso posteriore del palazzo fino alla sua auto privata?

Gemette tra sé e sé. In ogni caso, verosimilmente, si era rovinato la reputazione di principe vedovo in lutto che non aveva mai commesso un passo falso in pubblico nel giro di un breve pomeriggio. Non che gliene importasse qualcosa. Non avrebbe mai fatto diversamente.

Spostò le persiane per guardare meglio i fotografi e la loro disposizione. Quando avrebbe riportato Pia alla Rocca, avrebbero dovuto usare un ingresso laterale o posteriore e sperare che i media non lo scoprissero. Se i giornalisti avessero creduto che c'era un rapporto personale fra lui e Pia, avrebbero tormentato la donna per settimane, pregustando un intrallazzo reale. Non solo ciò sarebbe stato fastidioso per Pia, ma probabilmente, perseguitandola, i media avrebbero scoperto lo stato di riposo a letto di Jennifer.

E quella sarebbe stata una *vera* storia. Che aveva tutto il potenziale per danneggiare le trattative mediorientali e milioni di vite.

Federico voltò le spalle alla finestra della piccola stanza privata dove il personale dell'ospedale aveva sistemato Pia, sedendosi su una vecchia sedia a osservare il medico che finiva di medicare la tempia della donna. Come aveva sostenuto Pia, la ferita non era grave quanto aveva temuto lui, e aveva richiesto solo tre o quattro punti.

Il senso di colpa di Federico, tuttavia, non si era attenuato. Gli si stringeva lo stomaco alla consapevolezza di essere lui il responsabile.

Staccò un pelucco grigio dal bracciolo della sedia e lo lanciò in una pattumiera vicina, dove atterrò sopra l'involucro sterile del bendaggio di Pia.

Pia aveva preso bene l'incidente, cercando persino di consolare i bambini. Sebbene lui apprezzasse l'empatia della donna nei confronti dei piccoli e l'efficacia con cui li aveva tranquillizzati, finalmente capiva come si erano sentiti i suoi genitori quando Marco si era azzuffato con altri due bambini all'asilo e il tutto era diventato cibo per i tabloid.

Come se lui fosse un pessimo genitore.

Aveva perso il controllo dei suoi figli e qualcuno si era fatto male.

Il dottore spiegò a Pia come avrebbe dovuto tenere pulita la zona bendata, poi si rivolse a Federico. "Credo che guarirà rapidamente, Vostra Altezza."

"*Grazie*. Apprezzo la sua celerità. Quando sarà pronta, mandi a me la fattura. Non voglio che nessuna incombenza spetti alla signora Renati."

Pia fece per obiettare, ma Federico sollevò una mano per fermarla. "Per favore. È il minimo che io possa fare."

Dopo che il dottore ebbe annuito e se ne fu andato, Pia gli rivolse un'occhiata esasperata. "Sono capacissima di pagare da sola le mie spese mediche."

"L'incidente è stato colpa mia. Dovresti concentrarti sulla convalescenza, non sugli aspetti finanziari."

Pia scosse la testa, facendo saltellare i riccioli biondi. "In primo luogo, non c'è nessuna convalescenza su cui concentrarmi. Non sono inferma. In secondo luogo, non è stata colpa tua. Avrebbe potuto succedere a chiunque. Sono cose che fanno i bambini."

"Non i miei."

Pia scese dal lettino dove il dottore l'aveva medicata. "Senza offesa, ma sono bambini. Sono vivaci. Reali o no, questo significa che hanno degli incidenti."

Federico sbuffò. "Sì, e io cerco di essere comprensivo, ma sfortunatamente, il mondo li giudica con criteri diversi rispetto agli altri bambini. Prima Arturo e Paolo se ne renderanno conto, più facile sarà per loro. È stato lo stesso per me quando ero bambino."

Senza preavviso, Pia gli appoggiò una mano sul dorso della sua, posata sul bracciolo della sedia. Per un attimo, la vide in preda al dubbio. Ma questa volta – diversamente da quando gli aveva dato quel tocco rassicurante nella stanza dell'impacchettamento dei regali, per poi allontanare le dita come se avesse toccato del fuoco – la donna decise di lasciare la mano dov'era.

Federico si scoprì incapace di distogliere lo sguardo da quelle dita.

Quando la donna parlò, la sua voce era a malapena più forte di un sussurro. "Deve essere stato difficile crescere come sei cresciuto tu, sotto lo sguardo del pubblico."

"Può darsi." Era il primo contatto femminile di cui Federico godeva da tempo immemorabile senza dover simultaneamente temere che ci fosse dietro un calcolo. Incrociò lo sguardo della donna nel tentativo di concentrarsi sulle sue parole invece che sul suo tocco. "Ma ho imparato a comportarmi bene e a svolgere il mio ruolo in famiglia."

La lezione non si era conclusa con l'infanzia. Era proseguita con il matrimonio con Lucrezia e nel modo in cui lui cresceva i suoi figli. Influenzava il modo in cui lui aveva a che fare con tutti e tutti coloro con cui lui incrociava la strada.

Si costrinse a proiettare compostezza, nonostante la sensazione delle dita di Pia che scivolavano sulle sue nocche, rimuovendo la sua frustrazione. Avrebbe potuto abituarsi al tocco delicato della donna. Gli era persino piaciuto trasportarla fino all'auto e si era dispiaciuto che un'inserviente fosse andata loro incontro all'ospedale, impedendogli di trasportarla dentro.

Il che significava che gli era piaciuto troppo.

Sfortunatamente, il gesto candido di Pia lo aveva reso ancora più suscettibile al resto del suo fascino: la sua bellezza da bionda lentigginosa, il suo modo di fare privo di pregiudizi, il suo sorriso caloroso. Per un breve istante, avvertì l'impulso di attirarla a sé e baciarla. Lei lo avrebbe respinto? O avrebbe ricambiato?

Federico pensava che – forse – Pia avrebbe ricambiato, ma si trattenne. Non era saggio pensare a Pia Renati, non in quel modo. Per quanto gli piacesse parlare con lei, per quanto bene lei trattasse i suoi figli o per quanto lui la trovasse attraente, non sarebbe riuscito ad affrontare la reazione del pubblico a una sua eventuale vita sentimentale. *Qualunque* vita sentimentale. Né sarebbe riuscito ad affrontarla personalmente. Aveva già confuso amicizia e agio con l'amore, una volta, e aveva giurato di non farlo mai più.

La donna esitò per un momento, come se avesse avvertito il suo tumulto interiore. Ritrasse la mano, ma mantenne il contatto visivo. "Spero che mi perdonerai, perché so che non spetta a me dirlo, ma non dovresti essere arrabbiato con la tua bambinaia. Mi dispiacerebbe vederla licenziata perché non mi sono chinata in tempo."

Passò un'infermiera, che rallentò il passo per sbirciare dalla porta. Rendendosi conto che la loro stanza privata probabilmente non era tanto privata, Federico si alzò e fece cenno a Pia di seguirlo.

Una volta che ebbero raggiunto il corridoio che conduceva fuori dal pronto soccorso, lui riprese la conversazione, ma badò a tenere la voce bassa. "Per favore, non preoccuparti per la bambinaia. Non ci si può aspettare che tu schivi dei boomerang mentre cammini per il palazzo. E, sfortunatamente, questo non è stato il primo incidente. Ero già preoccupato dalla bambinaia."

Federico avrebbe voluto aggiungere altro, ma erano arrivati alla postazione degli infermieri, dove lui aveva promesso al medico che si sarebbe fermato a parlare con il personale e stringere mani. Per la prima volta da chissà quanto, non aveva alcuna voglia di socializzare in maniera superficiale, cosa che di solito gli veniva spontanea.

Avrebbe voluto parlare con Pia, convincerla che aveva dato ogni opportunità possibile alla bambinaia e che aveva cercato di essere tollerante nei confronti dei suoi figli e del loro modo sregolato di giocare. Soprattutto, avrebbe voluto che Pia capisse quanto lui amava i suoi figli.

Avrebbe dato la vita senza esitare per Arturo e Paolo.

Un quarto d'ora dopo, Pia sbrigò le formalità e l'autista di Federico si avvicinò alla postazione degli infermieri per informarlo di aver parcheggiato dietro l'ospedale.

"Temo che la partenza non passerà inosservata quanto l'arrivo." L'autista, che era al servizio della famiglia da quando Federico era bambino, li condusse a un corridoio isolato e riservato al personale per evitare di farli passare per le zone pubbliche. "Ci sono giornalisti a tutte le porte, persino a quella posteriore."

Federico rifletté. "In tal caso, guida l'auto all'ingresso occidentale. Se non possiamo evitarli, tanto vale affrontarli e rispondere alle domande. Chiarire che non è successo nulla di scandaloso. Ma mi piacerebbe che tu rimanessi nelle vicinanze con il motore acceso, in modo che possiamo andarcene il prima possibile."

L'autista annuì con atteggiamento professionale, quindi li precedette per andare a prendere l'auto.

"Io non devo parlare con nessuno, giusto?" chiese Pia una volta che l'autista si fu allontanato. "Non avrei la più pallida idea di cosa dire. E sono un disastro."

"È molto probabile che si concentreranno su di me. Se rimarrai in disparte, dovrebbero lasciarti in pace." Federico sorrise e sperò di essere rassicurante.

"Beh, ottimo." Una nota di nervosismo penetrò nella voce della donna quando aggiunse: "Vorrei avere uno specchietto. Sono sicura di avere il mascara sbavato e–"

"Basta." Federico si allungò e la fece voltare verso di sé. Le luci fluorescenti del corridoio di servizio tingevano la pelle di Pia di una brutta sfumatura giallastra, che però sarebbe svanita all'uscita. E lui non sapeva esattamente che aspetto si supponeva avessero i capelli della donna, ma l'intrico di riccioli non sembrava più in disordine del solito. Le tolse un pelucco bianco dalla camicetta, quindi le ravviò un ricciolo dietro l'orecchio. "Il tuo mascara mi sembra a posto. Hai un rossetto?"

"No. Niente borsa, niente rossetto." Pia trasse un respiro profondo, poi fece un gran sorriso. "Sono un disastro, vero?"

Federico impiegò qualche istante a decifrare l'affermazione, poi scosse la testa. "No, assolutamente no. Mia sorella dice sempre che un buon rossetto è la sua salvezza quando le sembra di avere i capelli in disordine o i vestiti non adatti. Ho pensato che avrebbe distolto l'attenzione dalla benda sulla fronte."

"Sto male?"

"No. Anzi, stai molto bene per una donna a cui hanno appena messo dei punti." Federico era sincero. La maggior parte delle persone sarebbe crollata – almeno fino a un certo punto – dopo essere stata colpita da un boomerang, figurarsi dopo essere stata ricucita e in seguito aver ricevuto la notizia che avrebbe dovuto affrontare dozzina di giornalisti. Ma Pia possedeva una forza interiore che lui ammirava. Federico avrebbe scommesso quel boomerang che non era mai stata un tipo amante della teatralità. Era troppo sicura e vivace.

Ed era diversa da tutte le profumatissime, elegantissime donne che frequentavano gli eventi di palazzo e che perlopiù gli rivolgevano la parola nella speranza che lui potesse offrire loro avanzamenti sociali o economici.

"Non è granché."

"Te la caverai benissimo."

Federico si allungò a liberarle qualche ciocca di capelli rimasta intrappolata sotto il bordo della benda bianca.

Il fiato di Pia gli accarezzò l'interno del polso quando la donna parlò. "D'accordo. Tanto, ormai non posso farci nulla, per cui ti prenderò in parola."

"Ottimo."

Le dita della donna gli toccarono la camicia. "Hai ancora tutta la spalla sporca di sangue."

"Te l'ho detto: ho altre camicie. Forse non si vedrà in televisione."

"Si vedrà benissimo."

"Non importa."

Federico abbassò la mano sulla spalla di Pia, poi si chinò a deporre un bacio delicato vicino alla benda. Avrebbe dovuto essere una cosa veloce, un'iniezione di sicurezza per lei prima di affrontare le telecamere. Ma poi le sue labbra si soffermarono sulla morbida pelle della donna e i suoi occhi si chiusero mentre assaporava la sensazione proibita dai riccioli di lei che gli sfioravano il viso.

Oh, si stava ingannando. Non aveva intenzione di fare in fretta.

Udì il sussulto nel respiro della donna, sentì le dita di lei sfiorargli il petto nel punto in cui gli aveva sporcato la camicia. In quel momento, il mondo attentamente organizzato e pianificato di Federico si dissolse.

CAPITOLO 4

Ecco com'era agire sulla spinta della voglia, lasciare che il proprio corpo e i desideri governassero il momento.

Un suono delicato sfuggì alle labbra di Pia quando le loro labbra si incontrarono e condivisero un lungo, lento bacio. Federico si costrinse a respirare, a ritrarsi dal tepore, dal conforto della passione che sapeva appartenere a Pia, nonostante ogni parte di lui le bramasse.

Ma nonostante il loro fosse stato un bacio molto delicato, lui riconobbe il pericolo. Baciare Pia – una popolana che non tendeva in automatico la mano in modo che lui potesse aiutarla a salire in auto, che protestava quando lui la trasportava, che probabilmente preferiva i pantaloni della tuta alla gonna e parlava ai figli di Federico come se comprendesse i loro impulsi – significava cedere a tutte quelle tentazioni che aveva dovuto evitare sin da quando era piccolo.

Eppure, eccolo lì, in uno dei pochi momenti della sua vita che non si svolgeva di fronte a telecamere o dignitari – o sotto lo sguardo attento di suo padre – e, accidenti, lui stava pensando alle possibilità.

Interruppe il bacio, con riluttanza, riluttante ad allontanare la bocca per più di pochi centimetri da quella di lei. Usò entrambe le mani per scostarle i riccioli dal viso e vide gli occhi di Pia colmarsi di un desiderio che probabilmente rispecchiava il suo.

Per quanto lui la volesse, per quanto il suo corpo bramasse di darle un bacio pieno, travolgente, scoprire a cosa esso avrebbe potuto condurre e se avrebbe saziato il suo desiderio, Federico non poteva farlo.

Era travolto dalla voglia di baciarla, di assaporarla, di sentire il suo corpo modellarsi contro il proprio, soprattutto perché sapeva cosa sarebbe accaduto nel momento in cui sarebbero usciti da quel corridoio. Non poteva correre il rischio che la stampa lo vedesse come qualcosa di diverso dal Principe Perfetto, l'uomo che incarnava i loro alti ideali. A lungo andare, ciò avrebbe recato danno alla sua famiglia e alla sua nazione. E anche a Pia.

Crearle illusioni – baciandola di nuovo – sarebbe stato sbagliato.

"Pia." Il suono della sua voce lacerò il silenzio del corridoio vuoto. "Ecco..."

Federico perse il filo dei pensieri mentre le dita della donna giocherellavano con un bottone della sua camicia.

"Ecco cosa?" Pia sollevò lo sguardo e incrociò quello di Federico, e un'affinità che lui non aveva mai provato con un altro essere umano sfrigolò fra di loro.

Qualunque pensiero di ideali abbandonò la sua mente mentre chiudeva gli occhi e la baciava di nuovo, soccombendo al suo tocco, al suo sguardo. Intrappolò il corpo della donna contro la parete di cemento dell'ospedale, crogiolandosi nella sensazione dei suoi seni sodi premuti contro il petto, della sua bocca calda premuta contro la propria.

Pia si aprì a lui, assaporando e assaggiando la sua lingua con la propria. Poi le mani della donna ricaddero dal petto di Federico e gli girarono attorno alla vita, stringendolo a lei. Ma c'era ancora qualcosa di innocente in lei, qualcosa nei suoi baci che gli fece capire che ciò non era ordinario nemmeno per lei e che aveva avvertito quella stessa, unica affinità fra di loro.

Se lui non fosse stato un principe, sarebbe stato tentato di attirarla in una stanza secondaria e fare l'amore con lei lì e allora. Comportarsi come avrebbe fatto chiunque altro. Non aveva mai avvertito un legame emotivo così forte con Lucrezia, né un bisogno fisico così travolgente.

Accidenti.

Si staccò di nuovo da Pia e il suo corpo rabbrividì senza volerlo per quella separazione indesiderata.

Erano trascorsi due anni dalla morte di Lucrezia. Agli occhi del pubblico – e a volte, persino ai suoi – era come se fosse accaduto il giorno prima. Appena una settimana prima, lui aveva partecipato all'inaugurazione di una biblioteca scolastica a lei dedicata, costruita con i fondi da lei raccolti con le sue opere di beneficenza. Nulla che avesse qualcosa a che vedere con l'intimità avrebbe dovuto entrargli nella testa. Non importava quanto fosse potente l'affinità, non importava quali fossero le circostanze. Che razza di persona era a baciare una donna quando sua moglie era morta e sepolta da così poco tempo e lui aveva due figli piccoli?

"Mi dispiace, Pia," disse titubante. "Questo... Questo non è appropriato."

"Capisco." Le mani della donna ricaddero dalla vita di Federico. "Non avrei dovuto permettermi–"

"No. Tu non hai fatto nulla di male. Se fossi qualunque altro uomo, non esiterei a..." Gli si rivoltò lo stomaco. Non ricordava l'ultima occasione in cui non aveva avuto le parole giuste per un'occasione o l'ultima volta in cui aveva sperimentato un imbarazzo così intenso. Sospirò e le accarezzò di nuovo i capelli. "Non esiterei. Sei affascinante. Ma la mia vita non mi appartiene. Ho degli obblighi nei confronti della mia famiglia e del mio Paese. La gente si aspetta determinati comportamenti da me in quanto principe."

"E con Lucrezia?"

"Non c'entra." Federico esalò il fiato. Come avrebbe potuto farsi capire da Pia, quando lui stesso faticava a capirsi? Avrebbe voluto baciarla, disperatamente. Ma un'altra parte di lui riteneva che ciò andasse contro regole che era obbligato a seguire, soprattutto per quanto riguardava la memoria di Lucrezia. "Anche se, da un certo punto di vista, forse sì."

"Non mi devi spiegazioni. Va tutto bene." Pia si raddrizzò e gli sorrise, ma le parole si accavallarono nell'uscirle di bocca, tradendo il suo nervosismo. "Comunque, è ora di andare. Il tuo autista deve avere già l'auto pronta e i giornalisti si chiederanno che fine tu abbia fatto."

Federico deglutì. Avrebbe voluto aggiungere altro, sistemare le cose, ma gli anni di lezioni di etichetta e di esperienza diplomatica gli vennero meno. Si limitò a voltarsi e a incamminarsi verso la doppia porta in fondo al corridoio che conduceva all'ingresso occidentale dell'ospedale. Pia camminò al suo fianco. Un attimo prima che raggiungesse le porte, le sfuggì una risata. Federico si fermò e la fissò, incredulo.

"Qualcosa ti diverte?"

"Beh, se non altro non dovrei più avere bisogno del rossetto."

"No, credo di no." Lentamente, un sorriso si allargò sulla bocca di Federico di fronte al tentativo della donna di disinnescare la tensione che sobbolliva fra di loro. Lei gli piaceva di più ogni volta che si parlavano. Ma quando guardò attraverso la finestrella squadrata della porta e vide cosa lo attendeva, si ritrovò a dover fare uno sforzo per mantenere il sorriso.

Almeno trenta giornalisti, con i relativi operatori, ingombravano la zona fuori dalla porta girevole dell'ospedale. Dietro l'intrico di persone si trovavano due file di furgoni della televisione, per la maggior parte sormontati da fari accecanti e parabole. Era brutta quasi quanto lo era stata quando lui e

Lucrezia aveva lasciato l'ospedale dopo la nascita di ciascun figlio.

"O la va o la spacca," bisbigliò Pia, la voce seria mentre osservava la scena oltre le porte.

"Andrà," la rassicurò Federico. "Parlo con la stampa più volte alla settimana. Devi solo restarmi accanto. Il mio autista sa di doverci interrompere in maniera discreta e accompagnarci all'auto se dovesse succedere qualcosa. Ma non succederà."

I giornalisti li videro mentre uscivano dal corridoio e nell'atrio, poi dalla porta girevole dell'ingresso principale dell'ospedale. Immediatamente, i cronisti si fecero avanti, impattando contro gli addetti alla sicurezza dell'ospedale mentre cercavano di attirare l'attenzione del principe.

"Vostra Altezza!"

"Come sta Pia Renati?"

"Potete dirci perché Pia Renati si trova a palazzo?"

"Diteci perché siete all'ospedale, principe Federico!"

Di fronte a quella cacofonia di rapide affermazioni in italiano, Pia si irrigidì accanto a lui. Federico le appoggiò una mano in fondo alla schiena e la sospinse in avanti mentre, al tempo stesso, gesticolava alla folla per zittirla e spingerla a fare un passo indietro.

Una volta che la calca si fu ritratta e Pia non corse più il rischio di farsi male, lui le tolse la mano dalla schiena e giunse entrambe le mani di fronte a sé, come se stesse per parlare a un evento formale. Modulando attentamente la voce, esordì: "Grazie per la preoccupazione. A giudicare dalla vostra presenza, avrete appreso che un ospite di palazzo ha riportato una piccola lesione, oggi. È stata visitata da un medico e ogni cosa è a posto. Sarò felice di rispondere alle vostre domande, ma ho solo pochi momenti. Come potrete immaginare, la signora ha bisogno di riposo. Inoltre, credo che sia importante per tutti noi rispettare la sua privacy di privata cittadina."

Una familiare giornalista di una televisione locale di San

Rimini spinse un microfono in avanti. "Vostra Altezza, potete dirci cosa è accaduto oggi pomeriggio e qual è il motivo della visita di Pia Renati al Palazzo Reale?"

"Buonasera, Amalia," salutò Federico nel tono leggero di cui era esperto e che usava sempre con i membri della stampa. "La signora Renati è un'amica di famiglia. Oggi pomeriggio, mentre giocava con i miei figli, ha riportato un taglio alla tempia. Per fortuna è stata medicata e sta guarendo." Sorrise alla giornalista mora e aggiunse: "Nulla di più grave di quel cane sguinzagliato nel vostro studio la settimana scorsa."

Amalia annuì in segno di ringraziamento, sorridendo al ricordo del cane messo in mostra durante la rubrica dedicata alle adozioni, che era sfuggito al guinzaglio nel bel mezzo della diretta, facendo cadere dalla sedia l'annunciatore del telegiornale della sera. Lieta di avere la sua dichiarazione, la donna accennò al cameraman che era giunto il momento di recarsi all'impegno successivo.

Un'altra giornalista si fece avanti; Federico la riconobbe come una dipendente del tabloid *Notizie Reali*. Federico le rivolse un sorriso amichevole, ma si fece forza in vista di quella che sarebbe stata senza dubbio una domanda personale.

"Vostra Altezza…" La giornalista conficcò il telefono sopra la spalla di un addetto alla sicurezza, per avvicinarlo al volto di Federico. "Non è forse vero che Pia Renati soggiorna a palazzo da più di due settimane? Di certo, deve essere più di una semplice amica di famiglia. Volete rilasciare una dichiarazione?"

Un mormorio si diffuse fra i giornalisti, che ripresero a gridare domande. Federico sollevò una mano per chiedere silenzio mentre si spremeva le meningi alla ricerca di una risposta adeguata, ma vaga, ma la folla si fece solo più rumorosa. La giornalista di *Notizie Reali* continuò a ignorare l'addetto alla sicurezza, che le chiese di fare un passo indietro, ma peggio ancora, la sua domanda aveva attirato l'attenzione di tutti gli altri giornalisti. Persino Amalia aveva rizzato le orecchie e ordinato al cameraman di fare marcia indietro e realizzare un primo piano della reazione di Federico.

"Ci risulta che la vostra bambinaia, Mona Fennini, sia stata congedata oggi, pur essendo stata alle vostre dipendenze solo per pochi mesi." La giornalista alzò la voce, assicurandosi che la folla la sentissi chiaramente. "E ora avete dichiarato che Pia Renati stava giocando coi vostri figli, oggi pomeriggio. È forse in lizza per il ruolo di bambinaia?"

"Come ho già detto, Pia Renati è un'amica di famiglia. Capita spesso che degli amici intimi soggiornino a palazzo per lunghi periodi, soprattutto dopo un lungo viaggio."

Federico si rivolse a un altro giornalista, ma la donna di *Notizie Reali* non era soddisfatta. Con voce abbastanza alta da farsi udire da tutti, chiese: "C'è una relazione fra voi e Pia Renati di cui la stampa dovrebbe essere a conoscenza? Un motivo per cui stava giocando con i vostri figli?"

Federico ignorò la giornalista e chiese agli altri se avessero ulteriori domande. Contemporaneamente, lanciò un'occhiata di sottecchi al suo autista, che riconobbe il segnale e cominciò ad avanzare con la Mercedes, sparpagliando i giornalisti in fondo al mucchio.

"Vostra Altezza, la presenza di Pia Renati a palazzo ha qualcosa a che vedere con Jennifer?" Un uomo che Federico riconobbe come appartenente a una rete televisiva italiana agitò la mano in modo che Federico vedesse che era stato lui a porre la domanda. "Le mie fonti riportano che Pia lavorava per Jennifer al campo profughi Haffali. La moglie del principe Antony non appare in pubblico da settimane e si dice che stia vivendo una gravidanza difficile."

"Non ha accompagnato il principe Antony in Israele, come sarebbe stato consueto," aggiunse un'altra voce da qualche parte in mezzo alla folla. Sembrava una giornalista di *San Rimini Oggi*. "Volete rilasciare una dichiarazione?"

Ansioso di scongiurare ulteriori domande riguardo a

Jennifer – e allo stato della sua gravidanza – Federico scosse la testa. Con voce chiarissima, rispose: "Come ben sapete, l'incontro in Israele è cominciato oltre un mese prima del previsto. Mia cognata è all'inizio del nono mese di gravidanza. Di conseguenza, i suoi impegni sono stati ridotti e, come per la maggior parte delle donne prossime al travaglio, ella non viaggia più fuori dal Paese."

"È tutto qui?" insistette la giornalista di *Notizie Reali*. "Appariva in pubblico a livello locale fino a poco prima che la signora Renati raggiungesse il Paese. Ma il giorno prima dell'arrivo della signora Renati, ha cancellato una cena di beneficenza presso l'ambasciata francese con un preavviso quasi nullo. Ci sono delle complicazioni per quanto riguarda la gravidanza? È a questo che è dovuta la presenza della signora Renati?"

"Temo che partiate da presupposti sbagliati." La voce di Pia lo colse alla sprovvista. Federico l'aveva incoraggiata a parlargli in inglese, per consentirgli di esercitarsi nell'uso della lingua in previsione degli eventi formali, per cui non aveva mai udito il suo fluente italiano dall'accento sanriminese. "Come dichiarato da Sua Altezza–"

"Non è raro, nel suo settore, avere tutto questo tempo libero? Oppure non è più alle dipendenze del World HIV Relief?" insistette la giornalista, spingendo questa volta il telefono verso il naso di Pia. "È una bella coincidenza."

Federico vide l'espressione della donna cambiare mentre lei cercava una risposta. Si voltò e fece per rivolgersi alla giornalista, per salvare Pia, ma fu quest'ultima a parlare per prima. "Ho appena concluso un progetto degli Stati Uniti e non sono ancora passata al mio prossimo incarico. Era il momento perfetto per visitare una cara amica."

"È fra un incarico e l'altro?" La giornalista si illuminò in viso. "Dunque, tecnicamente è disoccupata. Ciò significa che sta prendendo in considerazione un ruolo a palazzo?"

"Come bambinaia dei principi Arturo e Paolo, magari?"

aggiunse Amalia, ammiccando a Federico come se avesse svelato un segreto di palazzo.

"Se lei ha svolto indagini sufficienti da sapere che sono occupata presso il World HIV Relief, saprà anche che sono… occupata. E felicemente."

In quel momento, l'autista di Federico girò attorno alla Mercedes e aprì la portiera. Federico sollevò una mano verso i giornalisti. "Chiedo scusa per l'interruzione, ma la mia presenza è richiesta a palazzo per un impegno ufficiale. E sono certo che la signora Renati abbia bisogno di riposo. Quello che è accaduto oggi è stato un incidente, ma di livello minore, che ha coinvolto un'ospite di palazzo. La storia è questa. Se avete bisogno di altro, contattate pure il mio ufficio per fissare un'intervista. "

Federico ringraziò il gruppo, salutando sorridendo mentre raggiungeva l'auto. Attese che Pia entrasse, poi si recò al lato opposto e si infilò sul sedile. Una volta che le portiere si furono chiuse, segnalò all'autista di dirigersi verso la Rocca.

"Volevo dare una mano. Mi dispiace di aver detto la cosa sbagliata." Pia parlò nuovamente in inglese, voltandosi sul sedile per lanciare una nuova occhiata ai giornalisti sparpagliati alle loro spalle. "Pensavo che spiegare loro la mia situazione lavorativa li avrebbe distratti da Jennifer. Avevo promesso a Jennifer… Non pensavo… Beh, non mi è venuto in mente che avrebbero potuto credere che fossi la bambinaia dei tuoi figli. Presto dovrò cominciare un progetto in Africa. Se si fossero informati, lo saprebbero."

"È assai probabile che lo sapessero, ma che sperassero di ricavare più informazioni fingendosi ignoranti."

Mentre parlava, la mente di Federico si concentrò sulle prime parole di Pia, che gli fecero venire in mente un'idea. Se l'era cavata bene con i bambini. E lui sapeva, grazie ai pettegolezzi di palazzo, che la donna aveva poco da fare, a parte tenere compagnia a Jennifer.

Azzardò: "I bambini ti hanno presa in simpatia oggi pomeriggio. In maniera sorprendente, dato che di solito sono un po' timidi con gli sconosciuti. Dopodomani ricominceranno la scuola e saranno a casa solo per poche ore nel pomeriggio. Se ti interessasse–"

"Stai scherzando." Pia spalancò gli occhi, poi aggiunse: "Chiedo scusa. Mi sono espressa male. I tuoi figli sono molto dolci. Ma Jennifer ha bisogno di me."

Tuttavia, la donna abbassò lo sguardo nel pronunciare le ultime parole. E lui non riuscì a trattenersi dal prenderla in giro. "Ma ti annoi, vero?"

"Non ho detto questo."

Federico la trafisse con lo sguardo e lei sollevò una mano sopra la testa per sventolare un'immaginaria bandiera bianca. "D'accordo. Mi hai scoperta. Sto morendo di noia. Non che non mi piaccia trascorrere del tempo con Jennifer, anzi. È una cara amica. Ma non ho molto da fare. A questo stadio, la gravidanza la stanca molto e lei non dorme bene la notte – non che chiunque riuscirebbe a farlo con un bambino grande come un cocomero che le rende impossibile stare comoda – per cui dorme spesso di giorno."

"Allora magari potresti prendere in considerazione–"

"No. Non pensarci nemmeno. Sarei la bambinaia peggiore del mondo. E poi, ho un lavoro. Come ho già detto, fra qualche settimana dovrò andare in Africa. Una volta laggiù, sarò incredibilmente impegnata, per cui è probabile che un po' di noia mi faccia bene, ora."

Una nota bizzarra si era intrufolata nella voce della donna e Federico capì che stava cercando di stemperarla. Era perché non voleva fare la bambinaia, si chiese, o la *sua* bambinaia? Lui non aveva mai visto nessuno in grado di mettere a loro agio Paolo e Arturo così in fretta. Con i suoi anni di esperienza come operatrice umanitaria, senza dubbio Pia possedeva ottime capacità organizzative. Non avrebbe perso Arturo nei giardini di palazzo, né trascorso ore al telefono a parlare di moda e di ragazzi con le sue amiche come faceva Mona.

Federico si strinse nelle spalle, anche se più ci pensava più l'idea lo allettava. "Ci vorranno settimane prima che io riesca a trovare una bambinaia a tempo pieno," spiegò, costringendosi a ostentare noncuranza. "Ho semplicemente pensato che, considerata la facilità con cui ti sei calata nei panni dei miei figli oggi pomeriggio, potresti voler trascorrere un paio d'ore al giorno con loro fino a quando non verrà il momento di andartene. Solo per alleviare la noia."

La donna cominciò a scuotere la testa, ma lui la interruppe aggiungendo: "Ciò distoglierebbe l'attenzione dei giornalisti della gravidanza di Jennifer. Non credevo che si sarebbero concentrati così tanto sulla sua salute. I sospetti non faranno che peggiorare fino a quando il bambino non sarà nato."

"Non saprei."

"Non ti tratterei come una dipendente. Sei un'amica di famiglia e–"

E *altro ancora*. Era quello il problema. A essere onesto con se stesso, Federico aveva chiesto l'aiuto di Pia perché voleva trascorrere del tempo con lei, conoscerla meglio. L'aveva visto una volta sola da quando era arrivata a palazzo e le fastidiose domande dei giornalisti gli avevano dato la scusa perfetta. Nel giro di qualche settimana, la donna se ne sarebbe andata. Anche se lui non avrebbe mai più potuto toccarla, godere della sua compagnia e conversare amabilmente con lei gli restituiva la vita, tanto nella mente quanto nel corpo.

E anche solo per il bene dei ragazzi, lui aveva bisogno di sentirsi di nuovo vivo. Di provare un'emozione, qualunque emozione. Qualcosa che lo strappasse dalla vita passiva che aveva vissuto fino a quel momento. Forse allora avrebbe potuto ritrovare l'entusiasmo per la sua posizione e le sue responsabilità.

"E?"

La voce sommessa della donna lo strappò ai suoi pensieri. Si strinse nelle spalle, sperando di sembrare noncurante. "E spero che ci penserai. La prossima volta che Jennifer farà un pisolino, sentiti libera di venire nel mio appartamento a trovare i bambini."

Omise intenzionalmente *E me*.

"Vostra Altezza, siamo arrivati."

Federico rimase di stucco alle parole dell'autista, sconcertato nello scoprire che avevano oltrepassato i cancelli del palazzo e che stavano attraversando i giardini adiacenti all'ingresso posteriore.

"Gradisci che ti accompagni all'appartamento di Antony e Jennifer?" Federico detestava l'idea che il loro tempo insieme stesse per finire. Voleva ancora scusarsi per quello che era successo in ospedale e, contemporaneamente, voleva con tutto se stesso che accadesse di nuovo.

"Non c'è problema. Grazie." Jennifer era rossa in viso mentre parlava e lui capì che anche lei stava pensando al corridoio dell'ospedale.

Pia scese da sola dall'auto prima che il conducente fosse smontato dal veicolo, gli lanciò un sorriso e salì in fretta i gradini, svanendo alla vista.

Federico ringraziò l'autista, poi salì lentamente i gradini.

"IDIOTA, IDIOTA, IDIOTA!" borbottò sottovoce Pia mentre percorreva di corsa un corridoio vuoto verso l'appartamento di Jennifer. Come le era venuto in mente di baciare il Principe Perfetto? O peggio ancora, di rendere tanto palese il fatto che le era piaciuto.

Poteva anche essere stato lui a cominciare, ma dopo che si era staccato, rendendosi palesemente conto di aver toccato con le labbra quelle di un'idiota che non apparteneva alle sue cerchie, lei aveva continuato a giocherellare con il bottone e a guardarlo come una groupie innamorata. Un uomo con due figli. Un uomo le cui attività erano di pubblico dominio per metà del mondo occidentale. Un uomo totalmente fuori dalla portata di una come lei, sempre che lei avesse voluto una relazione sentimentale, cosa che non voleva.

Ma porca pupazza, che bacio.

Pia cercò di mostrarsi composta quando oltrepassò una guardia camminando lungo il corridoio che conduceva all'appartamento privato di Jennifer ed Antony, ma non appena ebbe svoltato l'angolo e fu uscita dal campo visivo dell'uomo, si passò una mano fra i capelli, ripensando a come lui glieli aveva scostati dal viso.

L'abbraccio di Federico era stato meraviglioso come lei aveva immaginato quando si era seduta accanto a lui sul sedile posteriore della Mercedes lungo il tragitto dall'aeroporto alla Rocca. Il suo bacio, tuttavia, aveva espresso una passione molto, molto più grande di quella che lei si sarebbe aspettata dall'appropriatissimo principe Federico.

Qual era la sua vera storia? si chiese Pia. Quante emozioni gorgogliavano sotto la sua facciata stoica? Perché dopo aver visto l'ansia incisa sul volto dell'uomo mentre il medico la ricuciva e aver osservato il rimpianto nei suoi occhi quando lei aveva citato la bambinaia, Pia sapeva che il principe era un uomo molto più complesso di quanto i media, e forse lo stesso Federico, credevano. Aveva messo tutto in quel bacio, il corpo e l'anima. Nessuno che piangesse davvero una moglie amata poteva baciare in quel modo. Non era possibile. Persino le parole dell'uomo lo rendevano chiaro. Si era staccato dal bacio perché glielo imponeva la società... non per via di qualunque cosa provasse in cuor suo.

Se Federico era incantato da lei anche solo la metà di quanto lei lo era da lui, allora stava soffrendo, perché l'affinità che provava lei era come un terremoto.

Pia esalò un lungo respiro purificatore mentre digitava il codice di accesso dell'appartamento di Jennifer e si disse di non pensarci. Non poteva venirne fuori nulla, allora perché rovinarsi il fegato?

"Va bene. Non pensarci," ribatté Jennifer, facendola sobbalzare. "Ma sappi che ti odio terribilmente."

Pia si fermò subito dopo la soglia del salotto di Jennifer e fissò la sua amica, non sapendo cosa poteva aver fatto per farla arrabbiare. Era furiosa con se stessa per aver parlato ad alta voce, di nuovo. Se non altro non aveva fatto il nome di Federico mentre parlava da sola.

Jennifer aveva già visto il notiziario della sera? Non potevano aver parlato così presto della visita in ospedale di Pia o del fatto che la gravidanza di Jennifer poteva essere a rischio.

Pia inarcò un sopracciglio con aria interrogativa alla rossa, che sedeva di sbieco sul divano con i piedi appoggiati ai cuscini. "Mi odi?"

Jennifer mosse una mano a indicare il proprio corpo, dalle spalle ai piedi. "Io sono qui che concorro al titolo di Donna Incinta Più Grossa del Mondo e tu sei accanto a Federico sul mio televisore senza che la telecamera ti ingrassi dei canonici cinque chili. E dopo aver preso una botta in testa! Ti odio."

Pia rivolse gli occhi al cielo e sorrise. Avrebbe dovuto capire che Jennifer stava scherzando. Ma dopo i sobbalzi emotivi della giornata, tutto era possibile.

"Hanno già trasmesso il servizio?"

"Sì." Jennifer spense il televisore, di cui aveva già azzerato il volume, prima di lanciare il telecomando su un punto vuoto vicino ai suoi piedi. "Al telegiornale delle cinque. La maggior parte dei canali locali ha aperto le trasmissioni all'ospedale, dicendo," abbassò la voce fino al tipico tono di un'annunciatrice televisiva, "Il Principe Federico diTalora e Pia Renati, ospite di palazzo, hanno lasciato l'ospedale pochi istanti fa."

Pia esalò un sospiro profondo. "Beh, smettila di odiarmi.

L'ultima cosa che volevo oggi era finire in televisione. Mi sono resa ridicola."

L'espressione di Jennifer si fece subito solidale. "In primo luogo, non ti sei resa ridicola. In secondo luogo, ti devo delle scuse. Quello che è successo è colpa mia. Avrei dovuto pensare ai media prima di invitarti. Prima o poi, i giornalisti ficcano il naso in tutto quello che fa questa famiglia. E in tutto quello che fanno i nostri amici, sfortunatamente."

"Va tutto bene."

"Non direi," obiettò Jennifer. "In ogni caso, ti sono davvero grata che tu mi abbia coperta. Non avevo idea che la stampa stesse già facendo ipotesi sulla mia gravidanza."

"Non preoccuparti. Ho il sospetto che fossero alla ricerca di una storia. Nessuno si aspetta che tu vada in giro così vicino alla data del parto. Ma la prossima volta, dovrai impacchettarti i regali da sola. Non sono brava a schivare i boomerang."

Jennifer spostò lo sguardo sulla fronte di Pia e sussultò. "Ti fa male?"

"Non direi. Mi è capitato ben di peggio."

"Sono sicura che i ragazzi siano mortificati. Sono dei bambini bravissimi. Hanno solo molta energia."

"È stato un incidente. È solo che... Accidenti, Jen." Pia si lasciò cadere sulla poltrona accanto al divano. "Non volevo far licenziare la loro bambinaia. Mi sento malissimo."

Ed era solo l'inizio. Quando Federico aveva rivolto quell'occhiata alla bambinaia nel corridoio del palazzo, subito prima di dire alla giovane donna di trovare qualcun altro che si prendesse cura dei bambini per il resto della giornata, Pia era stata travolta dai ricordi.

A sedici anni, aveva perso il suo primo – e unico – lavoro di baby-sitter. Era il suo unico modo di guadagnare denaro ed esercitare un minimo di indipendenza, di dimostrare a se stessa e a sua madre che era in grado di prendersi cura professionalmente di bambini. E aveva combinato un disastro. La bambina di cinque anni affidata alle sue cure era caduta da un'altalena quando Pia l'aveva spinta troppo forte, atterrando male su schiena e spalle. Quei terribili istanti in cui Pia aveva visto la ragazzina cadere all'indietro del sedile, con la lunga treccia castana che volava sopra la testa e le grida che laceravano l'aria del cortile pacifico, le erano rimasti impressi per sempre nella memoria. Ripensarci riportava alla mente l'orrenda nausea di quel momento. Poi c'era stato lo sguardo disgustato che il padre della bambina le aveva rivolto quando era arrivato a casa e aveva trovato Pia che cercava di trattenere le lacrime mentre i paramedici caricavano sua figlia sull'ambulanza. Quell'occhiata l'aveva distrutta.

"Ma per favore." Jennifer la trafisse con un'occhiata di rimprovero. "Non è per colpa tua che la bambinaia è stata licenziata oggi. Era la terza volta in un mese che Mona perdeva di vista Arturo e Paolo. Una volta, Paolo si è allontanato ed è stato trovato nascosto dietro un vaso vicino alla sala da pranzo di Stato, che si trova all'estremità opposta del palazzo rispetto all'appartamento di Federico. Un conto è che una bambinaia lasci che i bambini corrano in giro in una casa normale. Un altro è che lo faccia in un palazzo reale dove si svolgono attività ufficiali. A quanto pare, era al telefono che messaggiava con le sue amiche e non si era resa conto per quasi un'ora che Paolo era sparito. Prima o poi sarebbe stata licenziata comunque."

"Ma deve essere difficile per i ragazzi." Pia lo sapeva per esperienza dalla sua infanzia, quando sua madre l'aveva fatta passare da una casa all'altra. Detestava essere soggetta alle cure delle amiche di sua madre mentre sua madre partecipava a feste a tutte le ore, a volte lontano da casa. Naturalmente, in quanto organizzatrice di eventi professionisti, Sabrina Renati doveva partecipare a quelle feste, ma ciò non aveva reso la situazione più facile per Pia.

Tutto ciò che lei avrebbe voluto durante l'infanzia sarebbe

stato un posto suo dove correre e giocare e una persona che le prestasse attenzione e si prendesse cura di lei.

"Perdere la madre e ora la terza bambinaia in meno di due anni? È orribile," aggiunse Pia.

"È vero, e tutti noi facciamo del nostro meglio per dar loro tutta la stabilità possibile. Nick e Isabella leggono delle storie ai bambini tutte le sere. È un rito che abbiamo imparato ad apprezzare tutti. Prima che io fossi costretta a letto, stavo insegnando loro a giocare a dama. E Marco li ha elettrizzati con un programma di lezioni di sci di due settimane in Austria a cui vuole iscriverli quest'inverno." Jennifer esalò un sospiro stanco. "Ci stiamo impegnando. Federico è stato sfortunatissimo con le bambinaie. Ma i ragazzi sanno di essere amati, soprattutto dal padre."

Pia annuì mentre gesticolava verso la televisione. "Ti dispiace riaccenderla? Presto comincerà il telegiornale delle sei e voglio vedere quanto male mi dipinge la stampa."

"Fai pure."

Pia recuperò il telecomando e accese il televisore. Le dava un minimo di conforto sapere che tante persone volevano bene ad Arturo e Paolo, ma una legione di zie e zii – o amici di famiglia – non compensava il fatto che avevano perso la madre. Soprattutto quando il lavoro del padre era così impegnativo.

"Sai, i giornalisti non hanno avuto una pessima idea," commentò Jennifer mentre la drammatica sigla del telegiornale della sera di San Rimini cominciava a risuonare e la grafica computerizzata lampeggiava sullo schermo.

Pia si lasciò ricadere nuovamente sulla poltrona, quindi la angolò per vedere meglio la televisione. "In che senso?"

"Quando hanno detto che potresti fare da bambinaia di Paolo e Arturo."

Era una congiura? Un vero e proprio grugnito sfuggì a Pia. "Già che ci sono, potrei anche candidarmi alla posizione di assistente personale di re Eduardo. Ehi, magari a Marco serve un valletto? Di solito ha l'aria di uno a cui serve qualcuno che gli stiri i vestiti. Quante posizioni libere ci sono a palazzo? Posso mettere assieme un curriculum e–"

"Non sto scherzando," ribatté Jennifer, sollevando un cuscino e fingendo di lanciarlo nella direzione di Pia. "Sei quasi scoppiata di gioia quando ti ho chiesto di incartare un regalo, solo per avere qualcosa da fare che non fosse portarmi acqua o coperte o startene seduta nell'angolo a leggere l'ennesimo libro."

"Non ti ho detto di farteli da sola, i pacchetti?"

Jennifer ignorò il commento e tirò dritto. "Credo che saresti una bambinaia fantastica. Beh, non proprio una bambinaia. Ma mentre io dormo o comunque ho qualcuno che si prende cura di me, potrebbe essere divertente trascorrere un po' di tempo con i ragazzi. Loro sarebbero felicissimi e tu avresti la possibilità di uscire e goderti il sole." Jennifer si sfregò le mani, tirando dritto nonostante le proteste di Pia. "Se li portassi al Palazzo d'Avorio, potresti andare in spiaggia in totale riservatezza. Solo la famiglia reale utilizza quel palazzo, che sorge proprio sull'acqua. Sono certa che Federico non si farebbe problemi."

"Assolutamente no. Sono l'ultima persona al mondo che dovrebbe prendersi cura di bambini," obiettò Pia, tenendo un occhio fisso sullo schermo mentre il meteorologo parlava delle temperature nell'Europa meridionale. Gli inizi di settembre erano un momento favoloso per godersi le spiagge di San Rimini, ma non nel modo suggerito da Jennifer.

"Ti sei presa cura di molti bambini quando lavoravamo insieme ad Haffali."

"No. La maggior parte di loro aveva almeno un genitore al campo. Io ricavavo dei palloncini dai guanti chirurgici o insegnavo loro a giocare a ripiglino. Non è come fare il genitore a tempo pieno. E nemmeno la baby-sitter. Non ero responsabile per quei bambini."

"Non vedo come giocare con i figli di Federico sia diverso da quello che facevi ad Haffali," osservò Jennifer, il pensiero che palesemente tornava al campo profughi dove avevano lavorato entrambe. "Hai ragione, naturalmente, a pensare che Paolo e Arturo godono di ogni lusso, mentre i bambini di cui ci prendevamo cura noi fuggivano da una guerra. Ma il concetto è lo stesso. Ai bambini piace avere qualcuno con cui trascorrere del tempo. E tu sei una persona responsabile. L'ho constatato di persona, in circostanze stressanti, e ho visto quanto ti piaceva. Ricordo che un pomeriggio stavi morendo dal ridere mentre giocavi a carte con un gruppo di ragazzi nel reparto pediatria." Jennifer esitò. "A meno che non ci sia qualche altra ragione per cui tu non vuoi trascorrere del tempo con Arturo e Paolo. O con Federico."

Boom.

Pia tenne lo sguardo fisso sul telegiornale, non volendo incrociare quello di Jennifer. Jen avrebbe capito subito che era successo qualcosa fra lei e Federico. Aveva il pallino per leggere le emozioni altrui, soprattutto quelle dei suoi amici. Era parte del motivo per cui Antony si era innamorato di lei, parte di ciò che faceva sì che il popolo di San Rimini la amasse tanto.

Ma Pia non aveva intenzione di confessare la propria attrazione nei confronti di Federico, nemmeno a Jennifer. Né la fitta allo stomaco che la spingeva a chiedersi se avrebbe potuto *davvero* occuparsi di Arturo e Paolo per un pomeriggio o due.

Nonostante la loro turbolenza, i visetti dolci dei bambini l'avevano commossa. E, come aveva fatto notare Jen, loro le avrebbero permesso di uscire, di godersi aria fresca ed esercizio.

Pia rimase concentrata sul notiziario, sebbene ora stesse parlando del traffico. Non poteva affrontare da sola i bambini, si disse. Avrebbe avuto bisogno della presenza di un'altra persona adulta, se non altro per la propria pace mentale, e ciò avrebbe significato trascorrere del tempo con Federico.

Ma forse, se lei avesse frequentato di più il principe, si sarebbe resa conto di quanto era assurda la sua attrazione. Qualunque idea di avere una relazione sentimentale con l'uomo era... Beh, tanto sarebbe valso chiedere di uscire a un attore premio Oscar dell'anno prima.

Pia cambiò posizione sulla sedia per voltarsi verso la sua amica. Quando fosse giunto il momento di partire per l'Africa, si sarebbe levata Federico dalla testa. Nessun problema.

"Immagino che, se ciò impedirà alla stampa di fare ulteriori domande su di te e se non sarò l'unica responsabile per loro *e* tu non avrai bisogno di me, potrei trascorrere un po' di tempo con i bambini."

La bocca di Jennifer si allargò in un ampio sorriso ammiccante. "Perfetto."

CAPITOLO 5

"Ho ripensato alla tua offerta."

Federico sollevò lo sguardo dalla sua copia di *San Rimini Oggi* per vedere Pia all'ingresso della sala da pranzo privata della sua famiglia. I piedi della donna erano nel corridoio, le dita agganciate con titubanza attorno allo stipite della porta, ma il suo sorriso da "spero di essere la benvenuta" gli migliorò la mattinata.

Si chiese quanto a lungo lei fosse rimasta lì, cercando di decidere se entrare o meno. Era piuttosto presto, ma Federico aveva la sensazione che la donna fosse sveglia da un pezzo. I suoi vestiti sembravano freschi e stirati e i suoi capelli erano più curati del solito. La grande garza che lei aveva avuto addosso quando erano usciti dall'ospedale era stata sostituita da una ampia quanto bastava a coprire i punti.

Tuttavia, Pia non portava il rossetto.

Federico gesticolò verso i grandi vassoi carichi di uova, bacon, pane tostato e frutta fresca che coprivano la tavola, cercando di distrarsi dal genere di fame che suscitava in lui il pensiero del corridoio dell'ospedale... e della deliziosa, pulita bocca di Pia.

"Unisciti a me, per favore. Il cibo è stato servito solo pochi istanti fa e la cucina ne prepara sempre a sufficienza per sfamare l'intera famiglia, anche quando mangio da solo."

Pia esitò per un istante, quindi attraversò la stanza e prese posto sulla sedia dirimpetto a Federico. "Grazie. Sono così abituata a mangiare cibo in scatola sul lavoro, che mi dimentico che sapore ha il cibo vero fino a quando non torno negli Stati Uniti o vengo qui a San Rimini." La donna spalancò gli occhi mentre osservava l'offerta. "È questo che mi manca di più quando lavoro in luoghi remoti. Non la televisione o una connessione stabile. E nemmeno l'aria condizionata. Mi manca il cibo caldo e fresco."

Federico non riuscì a trattenere un sorriso. "Come puoi ben vedere, sono molto viziato. Anche se ti ammiro per il lavoro che fai in condizioni poco ideali."

La donna non disse nulla, ma era chiaro che il commento di Federico la compiaceva. Lui la invitò a servirsi da sola, poi la guardò mentre si versava una tazza di caffè e aggiungeva un goccio di latte, evitando panna e zucchero. Proprio come lo prendeva lui. Mentre Pia si portava la tazza alle labbra, Federico si chiese quali altri peculiarità potessero avere in comune.

Distolse lo sguardo dalle labbra della donna e lanciò un'occhiata alla sua fronte. "Come va la ferita? Spero che tu ti senta meglio oggi."

Lei annuì, i muscoli del viso che si rilassavano visibilmente dopo un sorso del liquido caldo. "Bene."

Federico cercò di mascherare il nervosismo che la donna gli suscitava piegando con cura il giornale, badando a nascondere il titolo, e appoggiandolo accanto al piatto. Si chiese se dovesse quella visita a sorpresa all'edizione del mattino, che in prima pagina mostrava una storia secondo cui – parole del giornale – eventi bizzarri si erano verificati dietro le scene di palazzo quella settimana, e speculava sul coinvolgimento di Pia.

"Allora," disse lui. "Vuoi riprendere in considerazione la mia offerta?"

"Di far visita ai bambini," precisò lei. Gli lanciò un'occhiata da sopra il bordo della tazza di caffè. "Di giocare con loro dopo la scuola, di far loro compagnia, cose del genere. Almeno fino a quando non troverai una bambinaia regolare. Jennifer mi ha suggerito di portarli al Palazzo d'Avorio, di concedere a loro e a me stessa un po' di sole e un po' di spiaggia mentre lei dorme. Sempre che loro siano interessati. Probabilmente non è così."

Federico si costrinse a non sorridere di fronte ai distinguo della donna. "Al contrario: credo che ne sarebbero molto felici." Per abitudine, fece per prendere il giornale, poi ci ripensò. Palesemente, Pia era del tutto diversa da suo cugino Angelo, che sarebbe entrato nella stanza agitando il giornale che discuteva della sua vita privata come se avesse vinto un premio. Se Pia non ne aveva ancora accennato, probabilmente non aveva nemmeno visto il titolo, per cui perché smuovere le acque dell'alchimia sessuale che ribolliva fra di loro? Anzi, Federico doveva chiarire le cose. Trasse un respiro profondo prima di tuffarsi. "Pia, riguardo a ieri–"

"È tutto a posto," lo interruppe gesticolando lei. "Non è necessario parlarne."

"Ma non dovremmo–"

"È stato inevitabile. Non c'è bisogno di discuterne, dato che è improbabile che si verifichi di nuovo."

Federico aprì la bocca, poi la chiuse. Pia stava parlando del bacio, come lui? O del boomerang?

Forse non aveva davvero visto l'articolo.

La donna scelse una fetta di pane, si mise delle uova sul piatto e gli porse il vassoio.

"Posso chiederti cosa ti ha fatto cambiare idea?" chiese lui mentre si serviva delle uova. "Riguardo al venire a trovare Paolo e Arturo, voglio dire."

Pia si strinse nelle spalle. "Sono qui per aiutare Jennifer. Le ho promesso, prima ancora di prendere l'aereo, che avrei fatto del mio meglio per evitare che la stampa parlasse della sua gravidanza, almeno fino a quando il compito di Antony non si sarà esaurito o non arriverà il bambino. Se giocare con Arturo e Paolo può distrarre la stampa e intrattenere i bambini al tempo stesso, sarà magnifico."

Federico mangiò un boccone di uova per celare il disappunto. Pia non aveva menzionato *lui*. Solo i suoi figli. Non che Federico si fosse aspettato il contrario, ma nel profondo di sé aveva covato la speranza di essere in parte responsabile della decisione della donna, anche se nulla poteva derivarne.

Lei gli rivolse un sorriso sommesso mentre rimetteva il vassoio al centro del tavolo. "I tuoi figli sono molto dolci."

Federico non riuscì a trattenere una risata. "Ti rendi conto che i miei figli sono gli stessi bambini che ti hanno colpita ieri con un boomerang?"

Quelle parole suscitarono in Pia un sorriso genuino. "Non hanno intenzione di lanciarmi addosso dell'altro, vero?"

"Spero di no." Federico bevve un sorso di caffè prima di aggiungere: "Hanno ricevuto quel boomerang dall'ambasciatore australiano quando lui è venuto in visita a mio padre la settimana scorsa. Lo avevo messo su uno scaffale in alto e proibito loro di usarlo in mia assenza e senza la mia autorizzazione. Palesemente, ciò non li ha fermati. Per cui ti prego di prestare attenzione."

"La prossima volta, mi abbasserò in tempo."

Federico si schiarì la voce. "Oggi pomeriggio, avevo in programma di portare i bambini allo zoo, per fare un'ultima gita prima che la scuola cominci, domani. Ma non sono sicuro che sarebbe saggio, dopo la copertura mediatica di ieri all'ospedale. È improbabile che saremmo indisturbati. E le... Com'è che si chiamano quelle del tempo?"

"Le previsioni del tempo?"

"Previsioni." Federico si appuntò la parola nella memoria.

"Sì, grazie. Le previsioni danno pioggia. Ma se hai qualche idea per delle attività, mi piacerebbe saperle."

La tazza di caffè di Pia colpì il piattino così forte da fargli temere che lo avrebbe rotto. "Oggi? Vuoi che venga con voi?"

"A meno che tu non abbia qualcosa in programma con Jennifer, naturalmente."

Pia scosse la testa. "Lei ha intenzione di mettere in ordine le fotografie e inserirle negli album, dato che può farlo a letto. Le ho preparato tutto, per cui credo che non abbia bisogno di altro. È solo che non penso che sia il caso di buttarmi subito."

Federico si accigliò. Buttarsi? Perché Pia era così nervosa al pensiero di una semplice giornata trascorsa a giocare con i bambini?

O forse il suo nervosismo era dovuto al fatto che sarebbe stato presente anche lui, nonostante lei avesse liquidato ciò che c'era stato fra di loro dicendo che non sarebbe accaduto di nuovo?

Alla fine, Federico disse: "Spetta a te decidere, Pia. Ma sarei contento se tu potessi unirti a me e ai bambini."

"Non hai impegni ufficiali oggi?"

"Dopo aver licenziato Mona ieri, ho modificato la mia agenda in modo da prendermi cura dei ragazzi per una settimana o due. Questo dovrebbe darmi del tempo sufficiente a trovare una nuova bambinaia."

Pia si raddrizzò sulla sedia e sollevò leggermente il mento, come se avesse preso la decisione di affrontare un compito difficile. "D'accordo. Programmiamo qualcosa da fare oggi."

"Se sei sicura." Federico sperava che la donna non vedesse il tempo trascorso con lui come un peso. Altrimenti, perché sembrava che lei dovesse fare appello alla propria forza di volontà per accettare il suo invito?

"Certo che sono sicura. Che cosa avevi in mente?"

Federico ci pensò su per un istante. "Purtroppo, le attività all'aperto non saranno fattibili. Magari potrebbe piacere loro il museo."

"È un ambiente piuttosto pubblico, non credi?"

"Può darsi, anche se è meno probabile che attiri i giornalisti rispetto allo zoo."

"Vero. Ma Jennifer mi ha detto che stava insegnando ad Arturo a giocare a dama. Magari potremmo trovare un gioco nuovo da insegnare ai bambini. Qualcosa di divertente da fare in una giornata piovosa. Credo che la cosa che vogliono di più sia trascorrere del tempo con te. Nulla di formale: semplicemente, una giornata libera dove poter parlare e divertirsi con spontaneità, invece di un'uscita organizzata come una visita allo zoo o un museo."

Con una luce maliziosa negli occhi, la donna aggiunse: "A proposito di formalità, ti insegnerò a usare un inglese meno inamidato."

Federico la fissò per un attimo, colpito da un'epifania. Pia aveva colto alla perfezione il problema che lui aveva avuto con i suoi figli. Sebbene Lucrezia si fosse assicurata che i ragazzi ricevessero lezioni di musica e partecipassero ad altre attività educative, aveva sempre lasciato ad Arturo e Paolo abbondanza di tempo libero. I bambini avevano trascorso ore nella stanza dei giochi senza dedicarsi a nulla in particolare, o fatto lunghe passeggiate nei giardini del palazzo. Ma dalla morte di Lucrezia, nel tentativo di mostrare ai ragazzi che lui teneva a loro più che ai suoi doveri reali, Federico aveva programmato attività per ogni momento del loro tempo insieme. E peggio ancora, quelle attività si svolgevano quasi sempre in pubblico.

Il tempo che aveva da trascorrere con i bambini era limitato e lui si era sentito in obbligo di ottenere il massimo da ciascun momento. Ma forse, un po' di tempo tranquillo – privato, spontaneo – era ciò che bramavano i ragazzi.

La voce sommessa di Pia interruppe i suoi pensieri. "Mi dispiace. Il tuo inglese è ottimo, soprattutto considerato che non hai frequentato l'università negli Stati Uniti come hanno fatto il principe Marco e la principessa Isabella. Non dovrei prenderti in giro. E non dovrei dare nulla per scontato riguardo ai tuoi figli, figurarsi mettere becco riguardo a loro. Parlo sempre a–"

"No, apprezzo…" Federico si premette le meningi alla ricerca della parola giusta. "La tua schiettezza. Anzi, credo che tu abbia ragione. Potrebbe essere divertente trascorrere una giornata senza programmi specifici."

Furono interrotti da un membro del personale che sparecchiò e sostituì la caffettiera vuota con una nuova dopo aver riempito loro le tazze. Allontanarono entrambi il corpo da tavola, permettendo all'uomo di fare il suo lavoro. Una volta che questi ebbe portato gli ultimi piatti in cucina e Federico e Pia furono di nuovo soli, il principe si sporse in avanti. "Allora, che genere di attività *non* dovremmo organizzare?"

Quando Pia ridacchiò divertita, lui aggiunse: "L'inglese posso impararlo, anche se spesso esito prima di parlare. Ma non credo di sapere come si fa a *non* pianificare. Temo che sia un mio vizio."

"Beh, io sono esperta nel non pianificare. Quando lavoravamo al campo Haffali, era Jennifer a stabilire il programma giornaliero e a governare la baracca. Io dovevo soltanto seguire una lista e assicurarmi che tutti i punti importanti venissero spuntati."

Federico si appoggiò allo schienale della sedia. Non lo avrebbe mai immaginato, nonostante l'aspetto solitamente trascurato di Pia. "Conoscendo le grandi capacità di organizzazione di tua madre, pensavo che fossi tu quella più irreggimentata."

Pia sussultò e lui si rese conto di averla ferita. Forse Sabrina Renati aveva criticato le doti gestionali della figlia?

Tuttavia, quando Pia rispose, lo fece con voce frizzante. "Conosci mia madre?"

"Sì," rispose lui, decidendo di ignorare il disagio che aveva percepito in lei. "I nostri padri erano compagni di classe. Quando tuo padre è venuto a mancare e tua madre ha aperto la sua attività, mio padre è stato uno dei primi a ingaggiarla per organizzare una festa."

"Non lo sapevo." La donna giocherellò con il fazzoletto, poi parve rendersi conto di cosa stava facendo e immobilizzò le mani. "Sono certa che l'abbia aiutata a crearsi una buona reputazione. Tuo padre è stato gentile."

"Tua madre se l'è guadagnata," disse Federico in tutta sincerità. "Sabrina è una delle organizzatrici di eventi più rispettate e richieste nell'Europa meridionale. Mio padre ed Antony si rivolgono a lei ancora oggi. Anzi, il re sperava di ingaggiarla per questo fine settimana, quando daremo il ballo annuale a sostegno della ricerca sul diabete giovanile."

Un solco verticale si formò fra le sopracciglia di Pia. "Mia madre verrà qui?"

"Sfortunatamente, no. Quando mio padre si è rivolto a lei qualche mese fa, aveva già accettato un incarico a Berlino: l'organizzazione di un festival artistico di tre giorni per conto del cancelliere tedesco." Una risata leggera sfuggì a Federico. "Non capita spesso che mio padre si veda opporre un rifiuto. È rimasto molto deluso."

Pia annuì, ma tenne lo sguardo basso. "Non era a casa nelle ultime settimane, ma non sapevo esattamente dove fosse andata."

Il tono di voce della donna spinse Federico a chiedersi se la presenza – o l'assenza – di Sabrina a San Rimini avesse influenzato la decisione di Pia di stare accanto a Jennifer.

Pia sollevò lo sguardo su di lui, anche se il gesto parve richiederle uno sforzo mentale. "Immagino che il re abbia trovato un'alternativa."

"Sì." Rendendosi conto che la donna non era entusiasta dell'argomento, Federico gesticolò verso la porta. "I bambini avevano lezione di musica. Vogliamo andare a vedere se hanno finito?"

"Certo."

Pia si spinse lontano dal tavolo mentre Federico diceva: "Allora, cosa faremo con loro?"

"Glielo hai chiesto?"

Lui inarcò un sopracciglio. "Non mi è venuto in mente. Di sicuro, i miei genitori non lo hanno mai chiesto a me."

"Beh, potresti scoprire che ti piacciono le loro idee."

"Non sono sicuro che questa idea mi piaccia." Federico frugò nell'armadio di Arturo, scuotendo la testa di fronte all'intrico di vestiti mentre cercava l'impermeabile giallo del bambino. Negli ultimi tempi, persino gli addetti alle pulizie sembravano incapaci di tenere il passo dei ragazzi e del loro disordine.

Accanto a lui, Pia controllò la taglia di un impermeabile blu che Teodora si era offerta di prestarle ed emise un piccolo suono di approvazione prima di indossarlo.

Finalmente, Federico intravide una chiazza gialla incuneata verso il fondo del grande armadio di Arturo. Dopo aver tirato fuori l'impermeabile, si rivolse a Pia. "Non è considerato appropriato per dei bambini reali correre sotto la pioggia. Potrebbero prendere un'infreddatura."

"È un mito." Pia si inginocchiò per aiutare Paolo a infilare un braccio nella manica dell'impermeabile giallo sole prima di inarcare un sopracciglio per la sorpresa di fronte alla prima parte dell'affermazione di Federico. "Un momento. Non hai mai giocato sotto la pioggia da bambino? Non sei mai saltato nelle pozzanghere? Mai?"

"Hai conosciuto mio padre, re Eduardo? No, lui non lo avrebbe mai permesso, soprattutto a quei tempi." Gli sfuggì una risata leggera. "E credo che non lo permetterei nemmeno io."

"Ma papà, hai detto che potevamo fare tutto quello che volevamo!" Paolo fissò allarmato suo padre.

"E lo faremo, Paolo. Giusto, papà?" Arturo lanciò a suo padre un'occhiata interrogativa mentre infilava i piedi in un paio di galosce nere, con l'intento di spingersi il più in là possibile nel processo prima che Federico cambiasse idea riguardo alla loro escursione all'aperto.

Federico arruffò i capelli di Arturo. "Il nonno si è rilassato nel corso degli anni. Forse, se io fossi bambino adesso, me lo permetterebbe. E ho dato la mia parola, no?"

"Sì!" esclamarono entrambi i bambini, scambiandosi un goffo pugnetto e rischiando quasi di travolgere Pia mentre correvano di fuori.

Meno di cinque minuti più tardi, tuttavia, Pia si ritrovò a cominciare a vedere le cose dal punto di vista di Federico. L'idea dei bambini di giocare sotto la pioggia rischiava di non essere un'idea tanto buona, sebbene lei non fosse d'accordo con Federico riguardo al potenziale raffreddamento dei bambini. Piuttosto, sospettava che si sarebbero rovinati i vestiti, nonostante gli impermeabili. O peggio ancora, che si sarebbero fatti del male, considerato che l'erba era scivolosa e zuppa di pioggia.

Nel momento in cui erano usciti dalle porte posteriori del palazzo e avevano sceso i gradini che portavano in giardino, Arturo e Paolo erano corsi lontano dagli adulti. Pia temeva che uno – o entrambi – i ragazzi potessero precipitare, a giudicare dalla combinazione della velocità, dei gradini resi scivolosi dalla pioggia e della loro tendenza a voltare la testa mentre correvano per vedere se il padre li stesse guardando.

Paolo lanciò un grido esultante quando arrivò in fondo, poi superò con un balzo l'ultimo gradino, atterrando dritto in mezzo a una pozzanghera. Acqua e fango gli sferzarono le galosce e i pantaloni cargo color cachi. Pia guardò Federico, aspettandosi di vedere la disapprovazione sul suo volto. Ma il suo cuore si sollevò quando lui si tastò le tasche del trench e si maledisse perché non aveva a portata di mano un telefono o una macchina fotografica per catturare l'evento.

Arturo lanciò un grido di gioia, avendo a sua volta assistito alla reazione del padre al salto giocoso di Paolo, quindi spiccò a sua volta un balzo dall'ultimo gradino, inzuppando Paolo di acqua fangosa. I ragazzi si calciarono addosso acqua a vicenda e tesero le mani, cercando di deviare i reciproci spruzzi, fino a quando Federico non raggiunse il fondo dei gradini e li incoraggiò a uscire dalla pozzanghera, raggiungendo una zona più asciutta del viale di ghiaia che separava il palazzo dal giardino. "Ragazzi, ragazzi! Facciamo vedere le altalene alla signora Renati?"

"Venga a vedere!" Arturo corse in avanti, lanciando un'occhiata al padre prima di girare attorno a un'altra pozzanghera, che si era formata nel solco lasciato da una ruota. Gridò a Paolo di raggiungerlo, quindi raggiunse un vialetto più piccolo, questa volta palesemente pensato per le passeggiate, che attraversava il giardino delle rose formale del palazzo.

"Pronta a correre?" chiese Federico a Pia mentre allungava il passo.

"Ho alternative?" Pia fece una corsetta per raggiungere Federico, pensando che mentre lei era vestita per inseguire dei bambini, con abiti comodi e impermeabile, Federico non lo era. Indossava ancora i pantaloni formali neri, la cravatta color canna di fucile e la camicia grigio chiaro che aveva a colazione. Invece di mettersi un impermeabile, aveva indossato un trench a doppiopetto, molto più adatto ai suoi normali doveri di Stato che a un pomeriggio trascorso a giocare con dei bambini in un giardino piovoso. Pia abbassò lo sguardo sulle immacolate scarpe nere dell'uomo mentre questi scavalcava una pozzanghera per sollevare Paolo da terra con un braccio solo.

Per fortuna, il principe era disgustosamente ricco, perché era probabile che le sue lucide scarpe non sarebbero sopravvissute alla giornata.

Pia corse accanto a Federico, che si teneva un Paolo gongolante sul fianco. Permisero ad Arturo di fare strada lungo il tortuoso sentiero di ghiaia che attraversava il giardino delle rose. Nonostante il passo, Pia assaporò la sensazione rinfrescante della pioggia delicata e calda sul viso e il profumo pepato del bosso curato alla perfezione. Persino l'aroma delle rose nel tardo autunno sembrava intensificato dalla pioggia che cadeva.

Finalmente, girarono un angolo all'estremità del giardino, dove il sentiero bordato di bosso si apriva sul lungo prato erboso del palazzo. Mentre Arturo correva avanti, lei si rese conto che un paio di altalene erano state poste sotto la copertura di due grandi alberi. Dei sempreverdi punteggiavano l'aria circostante, creando uno scudo naturale in modo che né coloro che si trovavano nelle zone pubbliche del palazzo né chi passeggiava lungo le strade acciottolate di San Rimini, che confinavano con la recinzione di ferro battuto della proprietà, potessero vedere la zona da gioco.

"C'è molta intimità qui," disse stupita Pia. "Non credevo che fosse possibile, a palazzo."

"Ti stupiresti," rispose l'uomo mentre posava Paolo, per poi guardare il figlio seguire il fratello maggiore fino alle altalene e prendere posto su una di esse. "Mia madre si è impegnata molto per fornirci del tempo lontano dalle telecamere. Ha scelto personalmente questo luogo e disegnato l'architettura vegetale in modo che lo racchiudesse. Da bambini, Antony e io vivevamo praticamente su queste altalene. Più tardi, Marco veniva qui, quando non era nascosto da qualche parte in mezzo alle rose."

"E tua sorella? "

Federico si strinse nelle spalle mentre spingeva Paolo. "Isabella ama leggere sin da quando era molto piccola. Aveva sempre un libro con sé quando venivamo qui e di solito si sedeva sull'erba invece di giocare. In seguito, mia madre la incoraggiò a esplorare la zona medievale del palazzo. Credo che, dato che Isabella era l'unica femmina ed era più tranquilla di noialtri, mia madre volesse che avesse un posto tutto per lei. Le permise di usare una delle stanze della vecchia fortezza come luogo di lettura."

Pia si sporse in avanti per aiutare Arturo ad attorcigliare le corde della sua altalena. Quando lei lasciò andare le corde, che si srotolassero, il bambino lanciò un gridolino di gioia, chinandosi all'indietro e fissando il cielo coperto mentre esso girava sopra di lui.

Pia ricambiò il sorriso esuberante di Arturo, ma dentro di sé avvertì una fitta di invidia per il modo in cui era cresciuto Federico. Cosa avrebbe dato per avere un nascondiglio tutto suo, come lo aveva avuto Isabella. O un genitore che uscisse con lei, la spingesse sull'altalena o corresse con lei lungo i sentieri del giardino.

Fece un passo indietro dall'altalena di Arturo e guardò il bambino che spingeva con le gambe, facendo volare l'altalena sempre più in alto. Lanciò un'occhiata di sbieco a Federico. L'uomo si era allontanato da Paolo, che gridò che si sarebbe spinto in alto contro il fratello maggiore. Si chiese se non stesse andando troppo in alto, ma Federico non sembrava preoccupato.

"La regina deve essere stata una madre meravigliosa," osservò. Nonostante l'amarezza, Pia si rendeva conto che l'amore con cui era cresciuto Federico aveva probabilmente contribuito a renderlo un padre migliore.

"Sì. Ormai sono trascorsi quasi otto anni e io sento ancora la sua mancanza. È morta troppo giovane. Sapeva che Arturo era in arrivo, ma non è vissuta abbastanza a lungo da conoscerlo." Il principe abbassò la voce, in modo che Arturo e Paolo non potessero sentirlo. "Non riesco a immaginare come sarebbe stato perderla all'età che hanno ora i miei figli. La mia vita sarebbe stata molto diversa."

"Tuo padre avrebbe fatto grandi sforzi per assicurarsi che tu ti godessi l'infanzia," lo rassicurò Pia. "Non esiste nulla che possa sostituire due genitori amorevoli, ma credo che, se tuo padre si fosse trovato nella tua stessa situazione, avrebbe fatto gli stessi sforzi che hai fatto tu dalla scomparsa di Lucrezia. E tu lo avresti apprezzato proprio come lo apprezzeranno i tuoi figli."

Federico annuì, ma le rughe accanto ai suoi occhi sembravano ancora più profonde e lei sospettava che la consapevolezza che i suoi figli erano stati privati della madre lo avrebbe sempre fatto soffrire. Un grido di Arturo lo distrasse dalla conversazione. Prima che Pia ne determinasse la causa, Federico si allontanò di un balzo, oltrepassando Paolo diretto nella direzione di Arturo.

Con orrore, Pia si rese conto che Arturo aveva deciso di saltare giù dall'altalena e che era troppo in alto per poterlo fare in sicurezza. Pia rimase come paralizzata, lo stomaco serrato dalla paura mentre Federico si protendeva verso il figlio, lo afferrava e indietreggiava per spezzare la caduta di Arturo un attimo prima che il bambino toccasse terra.

"Arturo!" lo rimproverò Federico dopo aver ripreso fiato. "Quante volte ti ho chiesto di non saltare se i tuoi piedi sono più in alto della mia testa? Potresti farti male. Soprattutto sull'erba bagnata."

"Io non ho saltato, papà! Guardami!" Paolo ridacchiò e continuò a ondeggiare sempre più in alto sull'altalena, ignaro del rischio che aveva corso Arturo.

"Bravo, Paolo." Finalmente, Pia riuscì ad aprire la bocca e parlare mentre Federico guardava storto Arturo. "È divertente, vero?"

Il bambino si strinse in una spalla e sorrise, felice di non essere lui quello nei guai. Pia, tuttavia, non condivideva la gioia di Paolo. La vista di Arturo che si lanciava dall'altalena, le gambette che scalciavano a mezz'aria e le braccia tese per arrestare l'inevitabile caduta in avanti, la riportò al pomeriggio dell'incidente.

Un groppo duro le si incastrò in gola. Federico si era mosso con l'istinto di protezione di un genitore ed era riuscito a scongiurare una brutta caduta per suo figlio. Ma lei era rimasta dov'era, immobile, col cuore che batteva così forte che le sembrava le sarebbe balzato fuori dal petto. Nonostante gli anni e i corsi di primo soccorso, non era ancora riuscita a superare l'incapacità di prevenire un incidente infantile.

Arturo rivolse al padre un'occhiata imbarazzata che Pia sospettava non essere del tutto sentita, si scusò e tornò sull'altalena.

"Se lo rifarai, Arturo, niente altalena per un mese. Hai capito?"

"Sì, papà," disse il bambino mentre ricominciava a spingersi. "Non salterò."

"Tutto bene?" chiese Pia a Federico quando notò che l'uomo non accennava a rialzarsi.

Il principe piantò entrambe le mani sull'erba e si risollevò in piedi. "Oh, sto benissimo. Sono solo infastidito. Ai miei figli piace piegare le regole." L'uomo scosse la testa, ma un sorriso gli sfiorò le labbra mentre abbassava la voce fino a un sussurro complice e aggiungeva: "O almeno ad Arturo. Devo tenerlo d'occhio costantemente. Somiglia troppo a mio fratello Marco, temo. Cerca sempre di sondare il terreno per capire fino a dove può spingersi prima di essere punito."

"Se fosse mio figlio, mi farebbe prendere un colpo. Hai affrontato la situazione con molta calma."

"Solo perché ci sono abituato." Federico fece un passo avanti per aiutare Pia a scendere dall'altalena, poi la aiutò a salire sulla scaletta che conduceva al corto scivolo attaccato all'estremità del gruppo di altalene.

Quando il principe tornò al fianco di Pia, aggiunse: "La loro tendenza a saggiare i limiti può essere stressante, ma fa anche parte del loro fascino. Nella mia vita, tutto è prevedibile, tranne i bambini, e ci sono giorni in cui questo mi rallegra."

Pia mormorò il suo assenso, ma dentro di sé non era sicura che avrebbe condiviso quel ragionamento, se fosse stata nei panni di Federico. I bambini fornivano entusiasmo a sufficienza anche quando non tendevano a essere imprudenti.

Tuttavia, la sua ammirazione per Federico crebbe grazie alla capacità dell'uomo di apprezzare la naturale giocosità dei bambini. Quanto poco credito gli aveva dato lei il giorno in cui era arrivata a San Rimini, osando mettere in discussione l'affetto dell'uomo nei confronti dei figli quando erano entrati sul retro dei giardini del palazzo con la Mercedes e avevano udito le risate dei bambini. Pia non avrebbe potuto sbagliarsi in maniera più grossolana e gli aveva fatto un torto a giudicarlo sulla base delle proprie insicurezze.

Arturo scivolò di testa dopo Paolo, poi corse ad afferrare il braccio del padre. "Papà, possiamo giocare a nascondino in giardino?"

"Solo se promettete di restare nelle vicinanze," ammonì Federico. "Non allontanatevi oltre la fontana. Devo sempre sapere dove siete."

Paolo aggrottò la fronte. "Non possiamo giocare a nascondino se tu sai dove siamo. Non è giusto."

"Sai cosa vuol dire." Arturo levò gli occhi al cielo esasperato. "Possiamo nasconderci solo in questa sezione e non possiamo allontanarci. Non sarebbe sicuro."

Paolo si illuminò. "Va bene! Trovami, papà! Sei sotto!"

Ciò detto, il bambino si allontanò, camminando goffamente mentre attraversava l'erba bagnata con le galosce e l'impermeabile che gli arrivava fin sotto le ginocchia e gli accorciava la falcata. Quando raggiunse il confine del cortile, si voltò verso gli adulti. "Anche la signora Renati può nascondersi, sì?"

"Sì," concordò Federico, per poi rivolgere un cenno a Pia. "Vai a nasconderti."

Pia non era sicura se il sorriso che le allungava le labbra fosse dovuto al sollievo dell'allontanarsi dalle altalene – e dai ricordi che le suscitavano – o al divertimento perché a chiederle di nascondersi era stato Paolo, che era molto timido con lei dall'incidente con il boomerang. Ma senza rivolgere una parola a Federico, lei corse al seguito dei bambini.

Una volta usciti dal campo visivo di Federico, Paolo smise di correre e voltò la testa per guardare Pia. "Conosco un ottimo nascondiglio. Ti nascondi con me?"

Come resistere? "Fammelo vedere."

Gli occhi marroni del bambino brillarono di entusiasmo quando le afferrò la mano. "Da questa parte."

La condusse lungo un sentiero laterale, sotto un pergolato di rose, poi la stupì attirandola all'esterno dell'arcata e su una piccola aiuola di erba che cresceva fra il pergolato e una fila di siepi di bosso. "Papà non guarderà mai qui," giurò il bambino.

"È un nascondiglio molto buono," bisbigliò lei, asciugando una goccia di pioggia dal naso rosa di Paolo mentre si accovacciavano. "Basta non pungersi con le spine."

"Lo so! Le rose tagliano." Il bambino le fece vedere una manina, mostrandole un lungo segno rosso. "Mi sono incastrato la settimana scorsa. Ma non mi ha fatto male."

"Ha un brutto aspetto, Paolo."

"La bambinaia lo ha pulito e ci ha messo un cerotto. Papà ha controllato e ha detto che andava tutto bene."

Paolo si sporse in avanti e infilò le dita attraverso il graticcio, badando a evitare gli steli spinosi, e creò un buco in modo da vedere il sentiero nel punto in cui esso passava sotto il pergolato. Arturo passò correndo e fece una smorfia nella direzione di Paolo; palesemente, aveva avuto la stessa idea del fratello minore. Pia ridacchiò mentre Arturo si guardava alle spalle, tendendo l'orecchio per ascoltare eventuali suoni prodotti dal padre, e poi andò a nascondersi dalla parte opposta del pergolato.

"La mamma ha trovato questo nascondiglio per me quando

ero piccolo," bisbigliò. "La signorina Fennini non mi ha mai trovato quando mi sono nascosto qui!"

Pia sorrise al ragazzino dal volto roseo accanto a lei, che palesemente pensava di essere ormai un bambino grande, ma avvertì una nuova fitta di senso di colpa per il licenziamento della bambinaia. Si chiese quanto fosse piaciuta Mona ai bambini. Certo, non quanto la loro madre, anche se Pia trovava difficile immaginare la raffinata Lucrezia che correva sotto il pergolato mentre giocava a nascondino, figurarsi che si accovacciava nello spazietto che lei e Paolo occupavano in quel momento.

Tuttavia, era lieta che i ragazzi avessero un ricordo affettuoso della loro madre. Sebbene fossero trascorsi solo due anni dalla morte di Lucrezia – poco tempo, per la memoria di un adulto – due anni erano ere geologiche dal punto di vista di un bambino.

Ma mentre un rumore di passi proveniva dal sentiero che avevano appena lasciato, i pensieri di Pia si volsero a Federico. Dalla sua posizione, lei poteva vedere attraverso i densi steli delle rose attraverso un'apertura nel graticcio. Schizzi di fango coprivano le scarpe di Federico e gli orli dei suoi pantaloni e lei sorrise fra sé quando l'uomo si passò una mano sui capelli scuri e umidi. Federico aveva bisogno di sciogliersi, di lasciarsi andare e di fare qualcosa che non fosse programmato, forse ancora più di quanto ne avevano i suoi figli.

E poi, gli occhi azzurri del principe brillavano di più sotto la pioggia.

"Arturo, Paolo," chiamò il principe in un tono musicale di cui lei lo aveva ritenuto incapace, considerata la sua profonda voce mascolina e il suo portamento regale. "Arrivo!"

Paolo si avvicinò a Pia, stringendosi a lei e ridacchiando. Un sorrisetto sollevò gli angoli della bocca di Federico, che tuttavia continuò a camminare lungo il sentiero, chiamando i ragazzi e fingendo di non aver sentito.

L'uomo oltrepassò il pergolato e svanì alla vista, ma non all'udito. Continuò a chiamare i bambini mentre seguiva il sentiero circolare attraverso il giardino delle rose, la voce colma di panico fittizio per la sua incapacità di trovare chiunque.

Pia abbassò lo sguardo sul volto entusiasta di Paolo e gli rivolse un sorriso. "È divertente, no?"

Il ragazzino annuì. "Giocherai ancora con noi domani? Abbiamo scuola solo per mezza giornata, perché è il primo giorno."

"Vedremo. Spero di sì." A parte il fatto che Arturo aveva cercato di farle venire un infarto quando era balzato dall'altalena, Pia si stava divertendo, proprio come previsto da Jennifer. E in fondo, nemmeno il salto di Arturo era stato poi così terribile. Anzi, assistere ad alcune delle marachelle dei ragazzi avrebbe anche potuto convincerla che erano più robusti di quanto lei si fosse permessa di credere.

"Mi piacerebbe molto." Il volto di Paolo si colmò di una sincerità infantile. "La mia *mamma* è morta e io vorrei tanto una persona con cui giocare. Papà sarebbe felice."

Pia fece per rispondere, ma poi serrò la bocca. Come avrebbe potuto replicare a una richiesta così commovente, ma innocente?

"Forza." Paolo la afferrò per un braccio e la incoraggiò ad alzarsi. Era palese che i suoi pensieri passavano da un'idea all'altra molto più in fretta di quelli di Pia. "Papà tornerà presto. Dobbiamo nasconderci in un posto dove ha già guardato."

"È corretto?"

Il bambino si strinse nelle spalle, gli occhi che brillavano di birbanteria. "Arturo lo fa sempre."

Lei scosse la testa divertita, ma seguì Paolo lungo il sentiero. I passi del bambino erano così rumorosi mentre attraversava la ghiaia con le galosce che Federico doveva averlo sentito per forza correre. Si chiese quanto ci sarebbe voluto prima che il principe li trovasse.

L'idea di essere trovata da Federico mentre lei si nascondeva fra file di rose e bosso fragranti, pur avendo un bambino al fianco, accelerò il battito del suo cuore.

Pia succhiò una boccata profonda dell'aria umida del giardino, quindi esalò il fiato. Che le era preso? Non aveva il diritto di immaginare qualunque genere di avventura con Federico. Doveva vederlo solo come il padre di Paolo e Arturo. Un uomo i cui figli avevano bisogno di stabilità, non di un'intrusa che arrivava per fare le cosacce con il loro padre e poi se ne partiva per l'Africa, verso una zona dove sarebbe stata fortunata ad avere un servizio telefonico affidabile, figurarsi un contatto personale con l'uomo. Parte del motivo per cui lei si era unita a loro quel pomeriggio consisteva nel vedere Federico da un punto di vista diverso – pratico – non per sviluppare una cotta ancora più profonda per lui.

I pensieri di Federico svanirono quando Paolo svoltò bruscamente un angolo, facendoli ritrovare faccia a faccia con una grande fontana. Pia si arrestò, la bocca spalancata. Mai, in vita sua, aveva visto nulla di così eccezionale.

Un basso bordo di pietra separava l'acqua nella vasca dal sentiero. Al centro si trovava una grande scultura che raffigurava un fiore sbocciato, con l'acqua che spruzzava dalla sommità in una dozzina di direzioni diverse. Statue di agili ninfe dei boschi ornavano ciascun gruppo di foglie del fiore, spruzzando acqua nella vasca da vasi intagliati, come se le donne avessero ricevuto un ordine divino. L'acqua formicolava di vita e lei notò diversi euro sparsi sul fondo: desideri espressi della famiglia reale, dai loro ospiti aristocratici o dal personale, che erano le uniche persone ad avere il permesso di accedere a quella zona del giardino. Lei vi aveva avuto accesso durante il ricevimento del matrimonio di Jennifer, ma non era arrivata fin lì.

"Ti piace?" chiese Paolo.

"È bellissima." Persino sotto la pioggia, il rumore dell'acqua

che sgorgava dava al giardino una serenità che lei avrebbe ritenuto impossibile trovare al centro di una trafficata città europea. Osservò gli aggraziati archi dell'acqua che cadeva nella
vasca per un momento prima di aggiungere: "Ma tuo padre non
aveva detto di non oltrepassare la fontana? Perché non
torniamo indietro e–"

Che fine aveva fatto Paolo?

Pia lanciò un'occhiata verso il sentiero alle sue spalle, chie-
dendosi come avesse fatto il bambino ad allontanarsi senza che
lei udisse il rumore dei suoi passi sulla ghiaia.

Poi udì uno spruzzo. Quando si voltò e vide Paolo, raggelò.
"Paolo! *Paolo*!"

Il ragazzino giaceva faccia in giù nell'acqua, l'impermeabile
colorato che galleggiava attorno a lui. Non muoveva né le
braccia né le gambe.

CAPITOLO 6

Pia superò con un balzo il basso bordo della vasca e corse attraverso l'acqua verso la sagoma immobile di Paolo, il cuore che batteva così forte da sentirlo nelle orecchie.

Ti prego, ti prego, ti prego, fa' che non sia morto!

Pia si affrettò, spinta dalla disperazione, anche se al tempo stesso sapeva che Paolo non poteva certo essere affogato così in fretta. Proprio quando afferrò il retro della giacca di Paolo, questi si sollevò, ridendo e sputandole acqua addosso mentre lei gridava.

"Ti ho fregato!" Il viso del bambino si aprì a un sorrisone e nei suoi occhi brillò una gioia infantile.

Pia si sedette in mezzo all'acqua, zuppa fino alle ossa, e chiuse gli occhi per il sollievo. "Paolo, mi hai spaventata a morte. Ti prego di non farlo mai più."

"Non è stato divertente? Pensavi che fossi caduto dentro!"

"Paolo!" La voce di Federico tuonò alle loro spalle, nel tono autoritario di un uomo che si aspettava di essere obbedito. "Esci dall'acqua! *Adesso!*"

Paolo si irrigidì per la sorpresa, scontento che suo padre

fosse stato testimone della sua immersione improvvisata. Lanciò un'occhiata a Pia prima di guadare l'acqua fino al bordo, scarlatto in viso mentre si avvicinava a Federico.

L'espressione dura del principe non lasciava dubbi sulla serietà della trasgressione di Paolo. "Non devi mai e poi mai entrare nella fontana, Paolo."

"Volevo solo ingannare la signora Renati." C'era un singhiozzo nella voce del bambino, che tuttavia riuscì a trattenere le lacrime. "Era divertente."

"Giocare nella fontana è pericoloso, non divertente." Federico lanciò un'occhiata eloquente a Pia, che Paolo seguì. "La signora Renati ti trova divertente così come sei, per cui basta scherzi. *Hai capito?*"

Il bambino tirò su col naso mentre si levava le ciocche umide dal viso. "Mi dispiace, papà. Non lo farò più."

"Ottimo. Confido che manterrai la parola. Ora devi chiedere scusa alla signora Renati."

Paolo lo fece, sinceramente. Federico annuì in segno di approvazione, quindi posò la mano sulla testa gocciolante di Paolo. "Per oggi, basta giocare all'aperto. Devi mettere dei vestiti asciutti."

"Dobbiamo proprio?"

A Federico bastò inarcare le sopracciglia per zittire ulteriori proteste. Paolo si sfilò da sotto la mano paterna e scese dalla fontana.

"Papà! Non mi hai trovato!"

Pia si alzò e guardò lungo il sentiero, seguendo il suono della voce contrariata di Arturo mentre si allontanava dal centro della fontana e cercava di placare i nervi.

"Devi aver trovato un ottimo nascondiglio," disse Federico una volta che Arturo si fu avvicinato. "La prossima volta, falla più facile. Non sono bravo come te in questo gioco."

Fece voltare entrambi i bambini verso la porta posteriore del palazzo. "È ora di togliere i vestiti bagnati. Ci siamo goduti abbastanza avventure all'aperto per oggi."

"Possiamo guardare il mio programma sugli aeroplani?" chiese Paolo. "*Per favore.*"

"No, papà, voglio Spongebob," implorò Arturo, afferrando Federico per il braccio. "Me lo hai promesso questa mattina."

"Dato che entrambi mi avete disobbedito, niente televisione. Ne riparleremo domani."

I bambini borbottarono, ma sottovoce. Federico si voltò verso Pia e il suo sguardo si intenerì mentre le offriva una mano. Lei la prese, apprezzando la presa salda dell'uomo mentre scavalcava il bordo scivoloso della fontana e raggiungeva il viale ghiaioso.

"Mi dispiace profondamente, Pia. Paolo di solito si comporta meglio. Non so cosa gli abbia preso."

Il bisogno di attenzione, tirando a indovinare. Ma Pia disse: "Va tutto bene. Era da un pezzo che non mi facevo un bel bagno. Dentro di me, sapevo che Paolo era sano e salvo. Ha trascorso solo pochi istanti nella fontana, prima che io lo raggiungessi."

"Non avresti dovuto fare il bagno, oggi," disse il principe, per poi lasciarle la mano e scostarle qualche ricciolo fradicio dalla benda. Si acciglió, poi parve decidere che la benda era a posto, perché sollevò per un attimo lo sguardo verso il cielo. "La pioggia è già sufficiente."

"La pioggia non è così male. Profuma di fresco tutto il giardino. E poi, è bello avere il posto tutto per noi."

"È vero. Mi capita di rado di poter trascorrere del tempo da solo. Beh, capisci cosa intendo. Lontano dai riflettori." Federico le sfiorò per un attimo la spalla, poi lo sguardo dei suoi occhi azzurri incrociò quello di Pia e lei vide che essi contenevano la stessa emozione profonda che lei aveva visto un attimo prima che lui la baciasse nel corridoio dell'ospedale. Non il primo bacio, quello delicato, ma il secondo. Quello appassionato.

I pensieri di Federico dovevano aver preso la stessa strada, perché l'uomo fece un passo indietro, come se fosse giunto alla conclusione che la loro vicinanza percorreva un confine pericoloso. Gesticolò verso i suoi figli, a indicare che forse era il caso che lui e Pia li raggiungessero.

Camminarono fianco a fianco lungo il sentiero, seguendo i ragazzini zuppi, che parvero trovare ogni singola pozzanghera lungo la strada per i gradini. Era fin troppo facile immaginare la mano fredda di Pia avvolta da quella grande del principe o il brivido di lui che la attirava sotto il pergolato per un bacio clandestino.

Cercò di concentrarsi sul sentiero, sulle rose. Su tutto, tranne che su Federico.

"È stata una bella giornata per me, nonostante il comportamento dei ragazzi," disse Federico, lanciandole un'occhiata di sottecchi quando l'ingresso posteriore del palazzo apparve alla vista in fondo al viale del giardino. "Lucrezia e io eravamo spesso via, di giorno, per cui ci capitava di rado di trascorrere del tempo con loro in giardino. Di solito erano con le bambinaie. Ora mi rendo conto che è stato un errore."

L'osservazione dell'uomo la stupì. "Paolo mi ha dato l'impressione che Lucrezia giocasse a nascondino con lui. Che sia stata lei a mostrargli il nascondiglio sotto il pergolato." Si ritrovò a sorridere nell'aggiungere: "A proposito, sei stato molto carino a fingere di non vederci."

Federico ricambiò il sorriso. "Fa parte del gioco. Ma no, non credo che Lucrezia giocasse a nascondino con loro. Non era da lei. Preferiva leggere ai ragazzi o giocare a giochi da tavolo al chiuso, quando non aveva impegni."

"Probabilmente, è stato un bel cambiamento per loro." Pia sperava che le sue parole avessero un suono diplomatico. Se Paolo si sentiva in obbligo di mentire, o almeno di immaginare di aver giocato all'aperto con la madre, significava che forse la morte di Lucrezia influenzava ancora il ragazzino più di quanto

Federico si rendesse conto. Al punto da spingere Paolo a chiederle se lei sarebbe diventata la sua nuova madre.

Il principe si schiarì la voce. "Immagino che tu abbia letto alcuni dei tabloid di San Rimini, nel corso degli anni."

Cosa aveva generato quella domanda? "Occasionalmente, quando sono stata a San Rimini. Dal parrucchiere, cose del genere. Ma non abitualmente." Pia gli lanciò un'occhiata di sottecchi. "Perché?"

"In tal caso, forse saprai che spesso mi chiamano 'il Principe Perfetto.'"

Pia riuscì a malapena a trattenere un sorriso. L'espressione dell'uomo mostrava il suo disprezzo nei confronti del soprannome. Per metterlo a suo agio, lei scherzò: "Oh, può darsi che lo abbia letto un paio di volte. Aspetta… forse si trattava di Marco? Gli si addice." Finse di pensarci su per un momento prima di scuotere la testa e chiedere: "Sei sicuro che parlassero di te?"

Pia fissò in maniera eloquente il fango che impastava le scarpe e i pantaloni dell'uomo, poi cercò di non ridere quando lui si finse addolorato.

Incapace di mantenere la compostezza, Federico scoppiò a ridere, una risata così forte che Arturo e Paolo si voltarono per vedere cosa l'avesse provocata. Pia fu felicissima di vedere il principe che finalmente si rilassava. Al mondo, egli mostrava una facciata tanto rigida e formale, ma dietro di essa possedeva tanto senso dell'umorismo quanto cuore.

"Ti assicuro che non si riferivano a Marco," disse l'uomo fra una risata e l'altra. "Solo Marco è convinto di essere perfetto."

"Forse lo è anche Amanda."

"Oh, lei conosce benissimo le sue imperfezioni. Fortunatamente per Marco, lo ama lo stesso."

L'uomo si tolse distrattamente una foglia bagnata dai pantaloni e angolò la testa per guardarla. La sua espressione si fece seria. "Detesto che mi chiamino Principe Perfetto."

"Perché?" Pia avrebbe voluto obiettare che l'uomo era

davvero un principe perfetto. Attento, onorevole, che anteponeva sempre gli altri – sempre la nazione – a se stesso, ma se avesse espresso quell'opinione, avrebbe anche confessato la forza della propria attrazione.

Badando a scegliere le parole giuste, aggiunse: "Pensavo che ti chiamassero il Principe Perfetto perché sei un modello di come dovrebbe essere un principe sanriminese. Sai cosa dire e quando dirlo. Le tue azioni riflettono le tue parole e non hai mai dato ai media il minimo scandalo a cui appigliarsi. Sei un perfetto rappresentante del nostro Paese e sono certa che tu abbia lavorato sodo per mantenere questa reputazione." Pia gli rivolse un sorriso malefico. "Scommetto che quegli spalaletame non lo sopportano."

"Spala… Ah, sì. I giornalisti scandalistici. Ne sono sicuro. Ma non sono perfetto. Anzi. Una volta, credevo di essere un buon esempio. Ero orgoglioso del mio comportamento. Ma ora, beh, ora sono più saggio." Lo sguardo dell'uomo si spostò sui ragazzi, in piedi in fondo ai gradini, che confrontavano la quantità di fango che copriva le loro galosce un tempo pulite. "Per esempio, non sono un padre perfetto dalla morte di Lucrezia e quello è il ruolo più importante al mondo. Pensavo di aver fatto la cosa giusta, portando i bambini a fare delle uscite, uscite formali. Ma mi sembrava sbagliato…" Si toccò il petto. "Qui dentro. Ora capisco il perché."

L'uomo smise di camminare e anche Pia si fermò, rendendosi conto che lui voleva la sua totale attenzione. "Non mi sono mai reso conto di quanto Arturo e Paolo avessero bisogno di tempo per essere semplicemente dei bambini, senza avere altro da fare che giocare, e di quanto avessero bisogno di farlo con il loro padre, invece che con una bambinaia."

"In primo luogo, nessuno è un genitore perfetto, nemmeno le persone che scrivono libri per i genitori. Poi, tu hai più obblighi del genitore tipo. Abbi pietà di te stesso." Pia mantenne un tono di voce leggero, sperando che Federico non si prendesse troppo sul serio. "Ma considerato che avverti un disagio, apporta quei cambiamenti che sembrano necessari. Magari sistema i tuoi programmi in modo da trascorrere del tempo con i bambini ogni pomeriggio e fagli capire che continuerai a trovare del tempo per loro, anche dopo aver trovato una bambinaia." Una bambinaia che facesse un sacco di cose divertenti con i bambini, come giocare ad acchiapparello, insegnare loro giochi di prestigio o ricavare tende dalle coperte.

L'immagine mentale di un'altra donna che rideva con i bambini provocò in lei una rapida vampata di gelosia.

"Comincio a capire." Con stupore di Pia, Federico si allungò ad afferrarle la mano. Nonostante l'umidità nei giardini del palazzo, le dita dell'uomo irradiavano forza e tepore. "Ma non lo avrei capito senza di te. Grazie."

"Non ho fatto niente," rispose Pia, la voce più roca di quanto avrebbe voluto. Non era nulla che una vita trascorsa a essere ignorata dalla sua stessa madre non le avesse insegnato. I bambini avevano bisogno di amore. E di tempo.

Per un breve istante, mentre le dita di Federico si intrecciavano alle sue, Pia espresse il desiderio di poter fare qualcosa di speciale per i ragazzi. Di poter scacciare tutte le sofferenze di Paolo con un abbraccio, di fargli capire che non doveva fingere di annegare o inventare storie sulla sua defunta madre per attirare l'attenzione. Di portare Arturo in un posto dove avrebbe potuto lanciare il boomerang senza preoccuparsi.

"Invece sì." Federico le strinse la mano, poi la lasciò andare e riprese a camminare, non volendo che i ragazzi restassero ancora a lungo sotto la pioggia. "Sai una cosa, Pia? Un giorno, sarai una moglie e una madre meravigliosa. Spero che i tuoi futuri marito e figli si renderanno conto di quanto sono fortunati."

Lei si costrinse a fare un sorriso di ringraziamento, ma

prima che le venisse in mente qualcosa da dire, Federico si allontanò di corsa per intrappolare i suoi figli gongolanti, uno per braccio. Pia ebbe un tuffo al cuore nel guardarli. Sognare a occhi aperti Federico e i suoi figli era più pericoloso di un colpo di boomerang alla testa.

Le parole dell'uomo – sebbene volessero essere un complimento – servivano anche a liquidare qualunque potenziale relazione.

Pia si rimproverò mentalmente per averlo voluto, quindi si concentrò sul mettere un piede davanti all'altro mentre saliva i gradini bagnati. Nonostante ciò che era accaduto all'ospedale, l'uomo aveva chiarito di non essere pronto a una relazione. Per quanto il cuore di Pia le gridasse che non era vero, a quanto pareva l'uomo era sincero. Aggiungendo a ciò il panico interiore che lei aveva provato quando Arturo aveva spiccato il volo dall'altalena e quando Paolo le aveva fatto un semplice scherzo… Si morse l'interno del labbro per trattenere un sospiro. Per quanto una parte di lei volesse essere madre, conoscere la gioia che Federico provava ogni volta che abbracciava i propri figli, non era destino.

Era un rischio che nessuno di loro, men che meno i bambini, poteva permettersi di correre. Pia non poteva rivivere quel dolore.

***

Perché non era riuscito a tenere i suoi pensieri per sé?

Federico appese l'impermeabile bagnato di Arturo a un gancio con più forza del necessario, quindi si recò nel piccolo bagno dei bambini a prendere un asciugamano per asciugare loro i capelli. Aveva trascorso l'intera vita a imparare a parlare al momento giusto e a tenere a freno la lingua quando ciò era più utile a lui, alla sua famiglia o al suo Paese.

Come gli era venuto in mente di dire a Pia che sarebbe stata una buona moglie per un uomo fortunato? Era vero, naturalmente – Pia trasudava un misto di senso pratico e fascino che chiunque avrebbe amato – ma era probabile che la donna avesse interpretato quell'affermazione come un rifiuto, considerata l'attrazione fra loro due e il bacio devastante che avevano condiviso meno di ventiquattro ore prima.

Federico strinse i denti. Aveva pronunciato quelle parole spinto da un istinto primordiale a proteggersi. In passato, aveva già confuso l'apprezzamento di una donna con l'amore, e non voleva ripetere l'esperienza. Magari aveva creduto che pronunciare quelle parole ad alta voce avrebbe dimostrato che nulla esisteva fra di loro.

Ma qualcosa esisteva. L'affinità era così forte da sembrare tangibile.

E poi c'era stato quel commento riguardo a Pia nelle vesti di madre e la sofferenza che lui aveva intravisto sul volto della donna prima di voltarsi a sollevare da terra i bambini. Pia era stata attenta a nasconderlo, ma quell'espressione era stata come un pugno nello stomaco.

Ora, Federico si chiese se il comportamento bizzarro della donna a colazione e la sua espressione terrorizzata quando Arturo era balzato dall'altalena o quando Paolo era entrato nella fontana derivassero da un'impossibilità ad avere figli. Federico aveva visto una simile espressione addolorata sui volti degli amici che avevano avuto difficoltà a concepire. Inevitabilmente, costoro si preoccupavano dei lividi e dei bernoccoli dei bambini più degli altri genitori, ai quali i figli sembravano più resistenti. Se non l'infertilità, allora qualcos'altro rendeva Pia estremamente inquieta quando si trattava dei bambini. Federico era sicuro di non aver immaginato quel lampo di tormento.

In verità, lui non era un Principe Perfetto. Non avrebbe dovuto stupirsi quando Pia si era congedata per tornare nell'appartamento di Jennifer nel momento in cui erano entrati al coperto, sebbene lui le avesse offerto dei vestiti asciutti e una cena. Non c'era alcun bisogno di controllare come stava Jennifer, a differenza di quanto dichiarato da Pia. La cosa era evidente nel modo in cui la donna aveva distolto lo sguardo, nel sottile piegarsi delle sue spalle.

Ed era evidente nelle sue parole di congedo, quando lei gli aveva augurato buona fortuna nella ricerca di una bambinaia.

Federico avrebbe dovuto cogliere l'indizio. Invece, voleva sapere cosa c'era dietro a quel tormento.

"Papà?" Paolo fece capolino con la testa dalla porta del bagno. "Hai trovato il mio asciugamano?"

"Eccolo." Federico cercò di non pensare a Pia mentre sfregava i corti capelli scuri di Paolo, molto simili ai suoi, ma con gli occhi di Lucrezia che lo guardavano da sotto di essi. "Vai a prendere il pigiama e portalo in bagno. Puzzi di fango e di pioggia. Questa sera, farai il bagno prima della cena."

"Con le bolle?"

Federico finse di faticare a prendere una decisione, ma l'occhiata di implorazione da parte di Paolo lo fece sorridere. "D'accordo."

"Papà, oggi mi sono divertito."

"Sono contento di saperlo."

"Possiamo rifarlo un giorno?"

"Mi piacerebbe."

"E la signora Renati diventerà la mia nuova mamma?"

La schiena di Federico si irrigidì. "Perché me lo chiedi?"

Paolo si strinse nelle spalle. "Mi piace. È simpatica. Le ho detto che sarebbe bello se potesse diventare la mia mamma."

Una parola volgare attraversò la mente di Federico, che tuttavia riuscì a ostentare noncuranza nel chiedere: "Davvero?"

Quando Paolo annuì, Federico chiese: "E lei cosa ha detto?"

La bocca del ragazzino si storse. "Non ricordo. Volevo farle vedere la fontana. C'erano delle monete dentro, ma io non le ho prese. Posso mettere il pigiama con i rospi?"

"Certo."

Paolo corse fuori dal bagno per andare alla ricerca del pigiama.

Federico raccolse l'asciugamano di Paolo dal pavimento. Doveva essergli caduto quando gli aveva posto la sua domanda impossibile.

Per fortuna, Paolo si distraeva facilmente. Ma Pia aveva la memoria più lunga.

Non appena finito di fare il bagno ai ragazzi, Federico avrebbe mandato un appunto alla sua assistente per ricordarle di contattare l'agenzia, come suggerito da Pia. Poi, la prossima volta che avrebbe rivisto Pia, avrebbe scoperto i suoi segreti e si sarebbe scusato per i suoi commenti spietati.

Come aveva detto a Paolo, la giornata era stata troppo divertente per non ripeterla. Doveva fare in modo che ciò accadesse.

"Sei fradicia!" Gli occhi di Jennifer erano grandi quasi quanto la sua vita in lievitazione quando Pia entrò nell'appartamento. Pia si tolse il cappotto che aveva preso in prestito e lo appese nel bagno, sperando che non avesse gocciolato sui tappeti costosi. Si era asciugata il meglio possibile quando era entrata nel palazzo e aveva lasciato le scarpe fradice fuori dalla porta di Jennifer, ma ora si chiese se non sarebbe stato meglio fare una sosta nella sua stanza prima di andare a controllare come stava la sua amica.

Lo sguardo di Jennifer si posò sui suoi capelli e sui vestiti umidi mentre lei usciva dal bagno. "Quando ti ho suggerito di andare in spiaggia, non intendevo mica oggi."

"Non siamo andati in spiaggia. I bambini volevano giocare in giardino, tuffarsi nelle pozzanghere, cose così."

Jennifer rimise il coperchio a una scatola di fotografie, quindi allontanò da sé un mucchio di adesivi per foto, pagine di album di ritagli e pennarelli di marca per fare spazio a Pia perché si sedesse sul letto accanto a lei. Pia declinò, indicando i vestiti bagnati. "Prima è il caso che mi cambi. Grazie a Paolo, mi sono bagnata più del previsto."

"È stato divertente?"

"Sì."

Jennifer si illuminò. "Adoro quando posso dire 'Te l'avevo detto.' Scommetto che i bambini erano felicissimi. Federico non li porterebbe mai a fare i salti nelle pozzanghere."

Quando Pia non riuscì a nascondere il sorriso, Jennifer rimase a bocca aperta. "Aspetta. *Federico* è uscito con te? Sotto la pioggia? Stai scherzando! Come hai fatto a convincerlo? Ha dichiarato lo stato di emergenza quando si è reso conto che il suo completo di sartoria si sarebbe bagnato? Oppure è rimasto sotto l'ombrello per tutto il tempo?"

"Non ha portato un ombrello, non ha dichiarato nessuno stato di emergenza e non c'è stato bisogno di convincerlo. Non da parte mia, perlomeno. I bambini hanno detto quello che volevano fare e lui li ha accontentati."

"Incredibile." Jennifer lasciò cadere tutto il suo materiale in una grossa scatola, quindi si mise le mani in fondo alla schiena, massaggiandosi i muscoli mentre osservava Pia. "Era ora. Aveva bisogno di fare qualcosa di divertente. Giuro che l'ho visto a malapena sorridere da quando Lucrezia è venuta a mancare. È cambiato così tanto che mi risulta difficile credere che sia lo stesso uomo che ho conosciuto durante la mia prima visita a palazzo. In pubblico è sempre stato l'epitome della classe e dello stile, ma in privato è arguto e molto gentile. Ha persino fatto una battuta la sera in cui l'ho conosciuto, durante la raccolta fondi a cui ho partecipato per la borsa di studio."

Jennifer lanciò un'occhiata interrogativa a Pia per vedere se lei ricordasse del suo viaggio a San Rimini per quell'evento, poi proseguì dopo che Pia ebbe annuito. "Ha scherzato riguardo a una delle donne altolocate che partecipavano – una donna che è stata, diciamo, poco cortese con me – perché voleva mettermi a mio agio dopo aver assistito al comportamento di lei. Considerata la sua immagine pubblica, non l'avrei mai immaginato." Si strinse in una spalla. "Comunque, negli ultimi tempi non ho più visto quel lato di lui. Forse il fatto che è uscito sotto la pioggia con te e con i bambini significa che sta tornando a essere se stesso."

Pia cercò di trattenere lo stupore. Sebbene avesse intravisto dell'umorismo, non avrebbe mai considerato Federico il tipo di persona che punzecchiava gli altri nelle sue cerchie, soprattutto coloro che erano importanti per lo status sociale della sua famiglia. Avrebbe voluto chiedere a Jennifer di approfondire la questione del "vecchio" Federico, ma furono interrotte da un bussare alla porta. Pia tolse le scatole di Jennifer dal letto, poi si recò alla porta, spalancandola per far entrare l'assistente di Antony, Harriet Hunt.

Harriet rivolse un cenno di deferenza a Jennifer quando entrò nella stanza, poi le porse una pila di corrispondenza prima di rivolgersi a Pia. "Tua madre ha appena chiamato. L'ho messa in attesa sulla linea tre." Accennò con il capo al corridoio. "Ho trasferito la chiamata nella tua stanza, in modo da lasciarti un po' di intimità, ma posso reindirizzarla qui, se preferisci."

Pia trattenne l'impulso automatico a rifiutare la telefonata. Jennifer non sapeva quanto fosse profonda la frustrazione di Pia nei confronti della propria madre, ma non era il momento o il luogo adatto per discuterne.

"No, Harriet, non è necessario. Stavo giusto per andare nella mia stanza a cambiarmi." Pia ringraziò Harriet, disse a Jennifer che sarebbe tornata presto, quindi uscì in corridoio e si recò nella sua stanza per gli ospiti, che si trovava a poche porte di distanza dall'appartamento di Antony e Jennifer.

Esitò prima di rispondere al telefono, fissando la luce rossa della linea tre nel sistema interno del palazzo. Sua madre aveva visto il telegiornale? Oppure qualcuno aveva spettegolato e informato Sabrina Renati che sua figlia era ospite della famiglia diTalora?

In qualunque modo sua madre avesse saputo, aveva scelto di chiamarla a palazzo invece che al cellulare.

Pia trovò un asciugamano per proteggere la sedia foderata di seta color avorio accanto al letto, quindi trasse un respiro profondo, si sedette e impugnò il ricevitore.

"Ciao, mamma."

"Pia! Sono tanto felice di averti trovata. Perché non mi hai detto che sei a San Rimini? Sono a Berlino e sto finendo un progetto, ma posso prendere il primo volo–"

"Non è necessario, mamma. Non cambiare programmi. E poi, ho molto da fare qui."

"Oh." Trascorse un istante prima che Sabrina proseguisse. "Allora, che sta succedendo? Ti ho vista in televisione con il principe Federico. Non sapevo che vi conosceste. So che tu e Jennifer siete molto amiche, ma è vero quello che ho visto? Frequenti il principe Federico?"

La voce di Sabrina era colma di speranza e Pia si mise subito all'erta. Era tipico di sua madre conoscere tutti i pettegolezzi d'Europa ed essere entusiasta all'idea che sua figlia combinasse qualcosa con l'uomo single più famoso di San Rimini.

"No, madre. Sono venuta a trovare Jennifer prima che abbia il bambino. Presto comincerò un nuovo incarico in Africa ed era un momento buono per farle visita. Non so cosa tu abbia visto in televisione, ma mi sono accidentalmente ferita alla testa. Il principe Federico era nelle vicinanze quando è successo, per cui si è offerto di portarmi in ospedale. Tutto qui."

"Oh. Dal servizio sembrava ci fosse dell'altro."

"Non fare la delusa, mamma."

"Non è come pensi tu, cara." Pia riusciva facilmente a immaginare l'espressione esasperata di sua madre. "Voglio solo ciò che è meglio per te. Voglio che tu sia felice."

"Sono felice. Amo il mio lavoro."

"Fidati: il lavoro non basta."

Per poco Pia non lasciò cadere il telefono. "Parla la donna che ama il suo lavoro più di ogni altra cosa? Guarda quanto tempo e quanti sforzi ci dedichi. Non lo faresti se non amassi quello che fai."

"Non ho mai detto di non amarlo. Ma ci ho dedicato tanto tempo e tanti sforzi perché è quello che bisogna fare per avere successo in questo campo. Come tu ben sai, questo ha significato fare molti sacrifici." Un sonoro sospiro giunse dall'altro capo della linea. "Non sono stata esattamente una genitrice modello, ma sono scelte difficili. Speravo semplicemente che tu avessi trovato la felicità, tutto qui."

Pia percepì un'allegria forzata da parte di sua madre. "Se hai voglia di vedermi, tornerò a San Rimini dopodomani. Posso arrivare prima, nel caso tu cambiassi idea."

"Ti farò sapere."

"Sì, per favore." Sabrina fece una breve pausa prima di aggiungere: "Come va la testa?"

"Benissimo."

Un'altra pausa. "Beh, ora hai il mio numero di cellulare. Ti voglio bene, Pia. Goditi il soggiorno."

Pia esitò prima di rispondere. "Grazie, mamma. Lo apprezzo. Ci sentiamo presto."

Dopo che sua madre l'ebbe salutata, Pia ripose il ricevitore e si tolse i vestiti bagnati, lasciandoli cadere in un mucchio sulle mattonelle del bagno, quindi indossò una semplice camicia bianca e dei pantaloni neri. Aveva intenzione di tornare nella stanza di Jennifer, ma dopo essersi passata un pettine fra i capelli umidi, si lasciò cadere sul letto e si ficcò i pugni nelle tempie.

Perché, perché, perché la conversazione con sua madre le

ricordava all'improvviso Federico e la situazione dell'uomo? Non avrebbe dovuto provare empatia per sua madre. E tuttavia, all'improvviso, il senso di colpa la spingeva a chiedersi se non avrebbe dovuto essere più comprensiva nei confronti di Sabrina Renati, proprio come aveva imparato a comprendere e persino ad apprezzare le difficoltà di Federico nelle vesti di genitore.

Forse ciò era dovuto all'affermazione, da parte di sua madre, di non essere una genitrice modello e di aver dovuto fare delle scelte.

"Sarebbe stato carino se avessi scelto una carriera che ti avesse permesso di passare un po' di tempo a casa," borbottò ad alta voce Pia.

Naturalmente, sua madre non aveva avuto molte opzioni di carriera quando si era ritrovata vedova con una figlia piccola. Sabrina veniva da una famiglia di ceto medio-basso e, quando aveva conosciuto suo marito, aveva scelto di non proseguire gli studi. In quanto moglie di un aristocratico, aveva bisogno semplicemente di capacità sociali e organizzative, che possedeva in abbondanza.

Persino Pia doveva ammettere che la scelta di diventare organizzatrice di eventi era stata naturale.

Proprio come la scelta di Pia di aiutare le persone agli angoli del globo le calzava a pennello. Lei migliorava la vita di coloro che non potevano aiutarsi da soli: rifugiati, poveri, ammalati. Ciò la faceva sentire necessaria e le dava quel senso di determinazione di cui aveva sentito la mancanza durante l'infanzia. Più si allontanava dallo stile di vita raffinato e costantemente impegnato di sua madre, meglio era. O così aveva pensato.

Pia si passò una mano sul viso e si alzò dal letto. Mentre appendeva i vestiti bagnati nella doccia per farli asciugare, decise che avrebbe chiamato sua madre dopo che Sabrina sarebbe tornata dalla Germania. Sebbene sua madre non potesse cambiare il passato, magari ora che erano entrambe adulte sarebbero potute diventare amiche, o almeno sviluppare un più sano rispetto l'una per l'altra.

Pia afferrò il taccuino dalla scrivania e prese l'appunto di chiamare sua madre e invitarla a pranzo. Forse non sarebbe riuscita a sistemare del tutto le cose, ma se non altro avrebbe smesso di fuggire dal problema.

Si assicurò che tutto fosse in ordine nella stanza, nel caso passasse il personale delle pulizie, quindi si diresse verso la porta. Per quanto sua madre la mettesse in agitazione, era un altro il genitore single che tormentava i suoi pensieri. Guardare Federico con i propri figli quel pomeriggio l'aveva resa più attratta da lui, non meno.

Se non si fosse tirata indietro, ci sarebbe rimasta pesantemente sotto.

"Troppo tardi," si prese in giro ad alta voce. Per fortuna gli aveva ricordato che doveva ancora trovare una bambinaia. Se avesse trascorso un altro pomeriggio come quello, a godersi il tempo con i bambini – e con il loro padre indicibilmente sexy – si sarebbe ritrovata a sognare di avere dei figli propri con lui e a vivere per sempre felice e contenta.

Come Jennifer ed Antony. Jennifer era davvero fortunata.

Ma ora che pensava a Jen, Pia giunse alla conclusione che la sua amica le era parsa più a disagio del solito. Usava i pugni per massaggiarsi i muscoli della parte inferiore della schiena mentre parlavano, cosa che Pia non le aveva visto fare in passato.

Era a metà strada per la porta quando squillò il telefono. Rientrò e prese il ricevitore. Aspettandosi la voce di sua madre, rispose: "Hai dimenticato qualcosa?"

"Pia?"

Riconobbe immediatamente la voce della direttrice del World HIV Relief. "Ciao, Ellen. Mi dispiace: pensavo che fossi un'altra persona. Non mi chiamano in molti qui."

"Ti ho lasciato un messaggio sul cellulare, ma ho pensato di provare anche con l'altro numero che mi avevi dato. Spero che vada tutto bene."

"Benissimo. Che succede?"

Dopo una breve conversazione, Pia tornò nella stanza di Jennifer per condividere con lei la notizia. Non era quello che aveva sperato di dire alla sua amica. D'altra parte, ragionò, il problema di Federico sarebbe stato risolto per lei.

Non poteva esattamente struggersi per un reale irraggiungibile da tremila e passa chilometri di distanza, no?

CAPITOLO 7

La voce profonda riecheggiò nella testa di Federico come se avesse parlato attraverso una fitta nebbia. Lui si voltò sul fianco, allontanandosi dal suono mascolino. Da un certo punto di vista, si rendeva conto che stava sognando e non voleva che una voce maschile gli dicesse cosa doveva fare.

"Mi lasci in pace," borbottò. Fino a poco prima, stava camminando per i giardini con Pia, i bambini al sicuro nel palazzo, e stava per dire alla donna che non aveva bisogno di ingaggiare una bambinaia, che avrebbe detto alla sua assistente di cancellare i colloqui che aveva organizzato per quella sera dopo cena. Aveva una mano sull'avambraccio della donna. Sentiva la pressione, l'urgenza.

Ma la voce dal tono profondo che parlò al posto di quella di Pia lo svegliò di soprassalto.

"Non posso." Questa volta, alla voce si accompagnò uno scossone. Federico sbatté le palpebre, quindi si sollevò di scatto, rendendosi conto di essere sveglio, ma nel suo appartamento privato piuttosto che in giardino.

"Padre?" La voce gli uscì di bocca in tono brusco. "Che succede?"

"Chiedo scusa, ma ho bisogno del tuo aiuto."

Federico prese atto dell'abbigliamento del re – lo stesso completo blu scuro che ricordava di avergli visto addosso a cena qualche ora prima – quindi lanciò un'occhiata alla sveglia sul comodino, che indicava che erano passate da poco le undici. I bambini dovevano averlo stancato più di quanto aveva pensato, perché non aveva sentito suo padre bussare e il re non entrava mai senza permesso negli appartamenti dei suoi figli adulti. Nonostante fosse al tempo stesso il loro genitore e il loro sovrano, concedeva loro quanta più intimità possibile per incoraggiarli a continuare a vivere sotto il suo stesso tetto, dove era più facile mantenere un alto livello di sicurezza.

Qualunque cosa lo avesse spinto a entrare nell'appartamento di Federico piuttosto che telefonargli doveva essere un'emergenza.

"Si tratta dei bambini?" Federico liquidò l'idea prima ancora che suo padre rispondesse, sapendo che, se fosse successo qualcosa ad Arturo e Paolo, sarebbe stato lui il primo a saperlo. "Oppure dovete lasciare il Paese?"

Era già capitato in passato. Alcuni mesi prima, re Eduardo era partito all'ultimo minuto per la vicina Turchia dopo un terremoto devastante. Aveva fatto la stessa cosa per partecipare a incontri di emergenza con capi di Stato stranieri durante una crisi nei Balcani e un'altra volta ancora dopo che una tempesta aveva devastato alcune zone di Cipro, ma in quelle occasioni Antony era stato presente fra le mura della Rocca ed era stato lui a essere svegliato con la notizia.

"I bambini stanno bene. Ho bisogno che tu porti Jennifer in ospedale. Pia Renati mi ha informato durante la cena circa un'ora fa. Il medico dice che Jennifer ha appena cominciato il travaglio, ma esso sta procedendo rapidamente. Abbiamo deciso che è meglio non attendere il mattino per il trasporto in ospedale. Sono previste quattro visite turistiche e sarebbe difficile, per lei, allontanarsi inosservata. Meglio evitare di accentuare ulteriormente l'attenzione mediatica sulla sua gravidanza. Io rimarrò qui, nel caso Arturo e Paolo si sveglino prima del tuo ritorno."

Federico si accigliò, ma si tolse le coperte di dosso e si recò all'armadio a prendere un paio di pantaloni neri. "Non vuoi che la accompagni l'autista di Antony?"

"Non è di turno e, se lo convocassi a palazzo a quest'ora, i paparazzi potrebbero subodorare qualcosa. Potrebbe essere più facile se tu prendessi il tuo veicolo privato e la accompagnassi di persona. Dato che i miei ospiti a cena stanno iniziando ad andarsene, una Mercedes nera in più che lasci il palazzo non attirerebbe l'attenzione. Pia ti accompagnerà e rimarrà all'ospedale fino all'arrivo di Antony."

"Sta arrivando?"

"Gli ho telefonato prima di venire a svegliarti. Ha a disposizione il mio aereo in Medio Oriente; risolverà tutte le questioni in sospeso possibili questa sera e partirà all'alba."

Federico trovò un paio di calzini dello stesso colore nero profondo dei pantaloni. "D'accordo. Avrete bisogno di me qui o posso restare all'ospedale con Jennifer e Pia?"

"Resta, se lo desideri; nel caso avessi bisogno di te, ti chiamerò. Ho detto alla mia assistente di svuotare la mia agenda per questa mattina e Isabella e Nick sono arrivati da New York due ore fa. Per i bambini è tutto a posto. Mi piacerebbe fare colazione con loro prima che partano per andare a scuola e so che Isabella è ansiosa di dare loro i regali che ha portato dagli Stati Uniti."

Optando per un abbigliamento informale – secondo i suoi standard – Federico prese una polo grigia dalla sua gruccia e rimpianse di non avere almeno il tempo per radersi e lavarsi. Per abitudine, non usciva mai dalla sua stanza in condizioni diverse da quelle in cui si sarebbe presentato in pubblico. E poi, c'era Pia. Per quanto non fosse il caso di prendersi la briga di far colpo su di lei, soprattutto nel cuore della notte e con il figlio di Jennifer in arrivo, lui avrebbe voluto farlo. Il fatto che aveva sognato lei – e che si era svegliato con la voglia di lei – dimostrava che almeno il suo subconscio desiderava più di un'amicizia da parte della donna. Lanciò un'occhiata a suo padre. "Immagino di dover partire subito, o non sareste venuto qui."

"Pia sta aiutando Jennifer a fare i bagagli. Se hai bisogno di dieci minuti per fare una doccia, non dovrebbero esserci problemi." Il re sorrise. "Credo che a breve diventerò di nuovo nonno. Pensavo che avessimo ancora un paio di settimane per prepararci all'arrivo del bambino."

"Lo pensava anche Jennifer."

Qualche minuto dopo, Federico si infilò nella doccia di marmo italiano, con spruzzi d'acqua fredda che gli tempestavano la testa e lo costringevano a svegliarsi. Mentre si lavava alla velocità della luce, si scoprì sorridente. L'indomani, avrebbe cullato un neonato fra le braccia, un corpicino caldo a ricordargli le commoventi nascite dei suoi figli. Gli sembrava passata una vita da quando lui e Lucrezia avevano dato il benvenuto prima ad Arturo e poi a Paolo.

Doveva ammettere che, per quanto fosse difficile bilanciare gli impegni pubblici con la cura dei bambini, lui sarebbe stato felice di accogliere un altro piccolo in casa sua. Lo invidiava a Antony, quello e l'amore di una moglie che lo accoglieva a braccia aperte a letto mentre il bambino dormiva nella culla.

Dopo aver chiuso l'acqua, mentre si asciugava, gli venne in mente un altro pensiero, di natura più pratica. Una volta nato, il bambino lo avrebbe spinto più in là lungo la linea di successione.

Federico appese l'asciugamano al suo gancio e rise ad alta voce, rendendosi conto che, per la prima volta in vita sua, era ansioso di perdere prestigio.

Forse, con un adorabile bambino al suo posto in lizza per il trono e con l'attenzione concentrata su Jennifer ed Antony, i neogenitori più famosi al mondo, lui avrebbe potuto smettere di essere il Principe Perfetto e trascorrere più tempo facendo il padre.

Quel pomeriggio gli aveva mostrato il valore del lasciarsi andare, del crogiolarsi nella genitorialità, qualunque cosa gli imponessero i media o la devozione al dovere. Pia, una donna che non aveva figli, glielo aveva mostrato. E presto, insieme sarebbero stati testimoni del miracolo più bello della genitorialità.

Si chiese se essere presente quando un nuovo bambino veniva alla luce avrebbe influenzato le emozioni di Pia quanto le sue. O se condividere un evento tanto intimo li avrebbe attirati l'uno verso l'altra.

Si infilò il portafogli in tasca e si incamminò verso le stanze di Jennifer con passo stranamente leggero.

Sarebbe rimasto in ospedale fino a quando ci sarebbe rimasta Pia.

***

PIA SI COSTRINSE A MANTENERE la calma mentre si chiudeva alle spalle la porta della stanza di ospedale di Jennifer, per poi dirigersi verso la macchinetta del caffè, che si trovava nei pressi della postazione degli infermieri e dirimpetto alla sala d'attesa del reparto maternità. Aveva bisogno di un caffè doppio e in fretta. Per quanto fosse stato inquietante leggere il manuale sulla gravidanza, guardare la sua amica travolta da un'ondata di contrazioni dopo l'altra aveva fatto sembrare le pagine del libro serie quanto un cartone animato mattutino. Come tutto il resto nella sua vita, Jennifer affrontava l'inizio del travaglio con silenzioso coraggio. Pia, dal canto suo, sentiva l'agitazione crescere per l'incapacità di fare qualcosa che non fosse offrire parole di conforto. Aveva nascosto la frustrazione a Jennifer, ma una dose abbondante di caffeina l'avrebbe aiutata a soffocarla.

"Come sta?"

Pia sollevò di scatto la testa al suono della voce di Federico, che era decisamente troppo raffinata e colta per le sei e mezza del mattino. "Sei ancora qui?"

Federico sorrise, stiracchiando le lunghe gambe da sotto una delle strette sedie disposte nella sala d'attesa della maternità, a pochi passi dalla stanza di Jennifer. Aveva tutto lo spazio per sé. "Ho parlato con mio padre circa mezz'ora fa. Antony atterrerà a breve e volevo restare almeno fino al suo arrivo." L'uomo si alzò e la squadrò. Avanzò con titubanza e le appoggiò una mano sulla spalla. "So di aver chiesto come sta Jennifer, ma avrei dovuto chiedere di te. Ti trovo… provata."

"Di' pure che sono un mostro."

Piccole rughe di divertimento apparvero agli angoli degli occhi di Federico. "No, non esageriamo. E poi, non credo che mi sia permesso definire una persona "un mostro." Per un principe, sarebbe una grave violazione dell'etichetta."

"Però sei stato onesto. Anche se sei fissato con le buone maniere, stai imparando a scioglierti un poco."

Il sorriso di Federico si allargò e gli illuminò gli occhi, nonostante fosse molto presto. "Vedi? Passare del tempo con te mi rende una persona migliore. Fermati ancora per qualche settimana e dovrei riuscire a spacciarmi per americano la prossima volta che visiterò gli Stati Uniti."

"Cominci a essere ambizioso," scherzò Pia, non volendo pensare alla serietà dell'invito – o alla mancanza di essa. "Facciamo una passeggiata fino alla macchinetta del caffè? Ho bisogno di una dose."

"Gradirei anch'io un bicchierino."

Una volta che il principe si fu messo al passo con lei, Pia disse: "Mi è già capitato di avere a che fare con donne incinte, ma sempre come parte del personale di un campo profughi.

Smistavo i casi di emergenza da quelli non urgenti e facevo sì che le donne incinte ricevessero cure mediche. È diverso assistere a un parto di persona, soprattutto quando c'è di mezzo un'amica." Pia sapeva che la paura era palese nella sua voce, ma cercò di nasconderla guardando un poster sulla rianimazione infantile che adornava una parete. "Sono abituata a vedere gente che soffre. Ma quando è Jen a soffrire e io non posso farci nulla e sta durando tantissimo…" Esalò un lungo sospiro. "Scusa. Mi sa che sono stanca dopo essere rimasta in piedi tutta la notte. La mia frustrazione comincia a emergere."

Pia fletté le dita nel tentativo di calmarsi, poi incrociò lo sguardo preoccupato di Federico. "Per rispondere alla domanda originale, Jennifer sta molto bene per essere al suo primo figlio. Sono uscita per lasciare all'anestesista lo spazio di cui ha bisogno per l'epidurale. Sono certa che Jennifer starà meglio, dopo. Voleva aspettare il più a lungo possibile e saltare l'epidurale, nel caso pensasse di farcela. Alla fine, ha detto che non ce la faceva."

Pia sapeva che stava parlando troppo in fretta, tradendo il nervosismo nonostante gli sforzi di tranquillizzarsi. Senza dire una parola, Federico la prese fra le braccia. Col volto fra i suoi capelli, disse: "È elettrizzante, spaventoso e soffocante tutto assieme."

"Proprio così."

Le braccia dell'uomo le circondarono la vita, con naturalezza, come se si abbracciassero costantemente. Federico trasse un respiro profondo, lasciando che il suo petto si sollevasse e si abbassasse contro quello di Pia. "Essere presente alla nascita di un bambino ti costringe a rivalutare le priorità. A capire cosa è importante nella vita."

Pia sorrise fra sé, lieta per l'offerta di rassicurazione da parte dell'uomo dopo una lunga notte insonne, ma guardinga nei confronti dell'effetto che l'abbraccio protettivo e le dolci parole di lui avevano sulle sue emozioni.

"Come fanno le donne ad affrontare cose del genere tutti i giorni?" mormorò contro il petto dell'uomo.

"Non lo fanno tutti i giorni. Solo una o due volte nella vita." Una risata sommessa riecheggiò nella gabbia toracica dell'uomo. "O, nel caso di mia madre, quattro volte."

"Dubito che ci riuscirei anche solo una volta. Stare accanto Jennifer basta e avanza. "

Federico le passò una mano lungo la schiena, il tocco caloroso tanto un sollievo quanto un pericolo per lei. "A volte, credo che guardare sia peggio che avere il figlio. Ero con Lucrezia quando ha partorito ciascuno dei nostri figli. La prima volta, ho avuto le vertigini e ho temuto di perdere conoscenza. Un infermiere ha dovuto portarmi dell'acqua. Naturalmente, Lucrezia era a malapena sudata."

Pia inclinò la testa all'indietro per osservarli in viso. "Non dirai sul serio. Sei quasi svenuto? *Tu?*"

"Sì. Mi hanno persino portato una di quelle… Credo si chiami bacinella? Quella specie di bidone di plastica blu che serve a chi è nauseato." Gli zigomi alti del principe si tinsero leggermente di rosso e il suo sorriso si fece imbarazzato. "Te l'ho detto che non sono un Principe Perfetto. Se lo fossi, sarei rimasto al fianco di mia moglie per tutto il tempo e le avrei tenuto la mano senza provare altro che orgoglio. Per fortuna, il personale dell'ospedale aveva firmato un accordo di riservatezza con la nostra famiglia, per cui il mio mancamento non è mai apparso sui giornali."

"Immagino che con Paolo sia andata meglio."

"Sì. E a te andrà bene con Jennifer." Federico la strinse più forte e lei non riuscì a non notare la facilità con cui la sua testa si infilava sotto il mento dell'uomo, quanto bene le sue braccia si adattavano attorno alla vita snella di lui. Troppo presto, Federico la lasciò andare e un attimo dopo lei si rese conto che l'ostetrica di Jennifer le stava facendo cenno che poteva rientrare. Federico doveva averla sentita arrivare.

"Vuoi che ti porti un caffè?" chiese Federico.

"I principi portano il caffè?"

"Alle donne che sostituiscono i loro fratelli assenti, sì."

Pia fece un gran sorriso. "In tal caso, mi piacerebbe molto un doppio. Lo prendo–"

"Con latte scremato e senza zucchero?"

Pia aprì la bocca per lo stupore e la bocca di Federico si curvò in un sorriso compiaciuto. "L'ho notato ieri a colazione. Io lo prendo uguale."

Dieci minuti dopo, tuttavia, fu Antony a portare il bicchiere di caffè fumante nella stanza di Jennifer. Lo porse a Pia con una rapida parola di gratitudine, ma la sua attenzione era fissa sulla moglie in travaglio.

"Vi lascio soli?" bisbigliò Pia al principe ereditario.

Antony li lanciò un'occhiata distratta e annuì. "Grazie."

Jennifer, che giaceva sul fianco, palesemente scomoda, ma più serena ora che l'epidurale aveva bloccato il dolore, mormorò i suoi ringraziamenti. Pia le rivolse alcune parole di incoraggiamento, poi uscì in corridoio. Con l'eccezione di un'infermiera diretta verso la stanza di Jennifer, non incontrò nessuno fino a quando non raggiunse Federico nella sala d'attesa.

"Vedo che hai ricevuto il caffè." Federico sorseggiò dal suo bicchierino mentre faceva avanti e indietro di fronte al poster sulla rianimazione.

"Il servizio è ottimo. Non capita tutti i giorni che una donna venga rifornita di caffeina da due principi." Pia esalò il fiato, meravigliata da come Federico calmava le sue paure e al tempo stesso sovraccaricava il suo corpo con un semplice sguardo.

Il principe smise di camminare e accennò con il capo alla stanza. "Hai idea di quanto manchi?"

"Due ore, credo. Forse tre."

Entrambi lanciarono un'occhiata al grosso orologio bianco e nero sospeso dal soffitto del corridoio, dove la lancetta lunga si spostò a segnare il passaggio di un altro minuto. "Non ho ancora comprato un regalo per il bambino. Magari potremmo fare un salto al negozio di articoli da regalo? Dovrebbe aprire a breve."

Pia annuì e fece cenno a Federico di farle strada. Lasciarono il reparto maternità e presero l'ascensore, ciascuno acutamente consapevole della presenza dell'altro nello spazio stretto. Qualche istante dopo, l'ascensore si fermò al piano di sotto per far entrare una ragazzina stanca su una sedia a rotelle. La giovane aveva una gamba sollevata e avvolta da uno spesso gesso che sembrava nuovo. L'infermiera che spingeva la sedia esitò alla vista del principe, ma lui le fece segno di entrare e tenne la porta aperta fino a quando la bambina non fu all'interno.

"Voi siete il principe Federico!" L'entusiasmo colmò la voce della ragazzina quando questa si rese conto di chi aveva di fronte.

Accovacciandosi, Federico rispose: "Sì. Come ti chiami?"

"Carlotta."

Federico inclinò la testa per guardare il gesso. "Sembrerebbe che tu ti sia rotta la gamba, Carlotta."

"In due punti. Sono caduta dalla trave durante gli esercizi e ieri mi hanno operata. Dovrò portare il gesso per due settimane prima che me lo tolgano e me ne mettano uno diverso."

Federico spostò lo sguardo sulle braccia della giovane, che sporgevano dalle maniche del camice ospedaliero. Era piuttosto muscolosa, soprattutto per una persona della sua età.

"Si vede che ti alleni duramente. Questo ti aiuterà a riprenderti più in fretta."

Le porte si chiusero e dopo che l'infermiera ebbe premuto il pulsante giusto, Federico si chinò a bisbigliare a Carlotta con voce alta appena a sufficienza per farsi sentire da Pia e dall'infermiera: "Lascerai il gesso pulito o lo farai firmare dai tuoi amici? Si usa ancora così?"

Carlotta annuì. "Una mia amica ha detto che ci farà un disegno. È un'artista fantastica. Gli altri, probabilmente, lo firmeranno soltanto."

Federico ci pensò su. "Probabilmente, preferiresti che fossero i tuoi amici i primi a firmarlo, ma posso farlo anch'io?"

"Davvero?"

"Sarebbe un onore." L'infermiera porse a Federico una penna estratta dal taschino e il principe firmò il gesso con segni rapidi e fluenti. Le porte si aprirono sul piano della ragazza e Federico restituì la penna all'infermiera con un sorriso di ringraziamento prima di riportare l'attenzione sulla ginnasta. "Riprenditi presto, Carlotta."

"Sì!"

L'infermiera spinse la sua paziente fuori dall'ascensore, poi entrambe si guardarono alle spalle e salutarono prima che le porte si chiudessero di nuovo.

Federico si rivolse a Pia e fece per dire qualcosa, ma chiuse la bocca e si allungò verso un angolo dell'occhio di lei. "Che succede?"

Pia esitò, sconvolta nel rendersi conto che l'uomo le aveva appena asciugato una lacrima. Per poco non gli disse che le era entrato qualcosa nell'occhio, ma Federico avrebbe riconosciuto la menzogna. "Penserai che sono la piagnona più grande del mondo."

Una perplessità genuina attraversò il volto dell'uomo. "Perché?"

"Beh, in primo luogo, riesco a malapena a non impazzire per Jennifer. Poi ho quasi perso la testa ieri, quando Paolo mi ha fatto quello scherzo. E quella ragazza... Sei stato dolcissimo a migliorarle la giornata. Le hai parlato come se fosse tua pari." L'imbarazzo le fece avvampare le guance. "Non sono sempre così, davvero."

"Dubito che tu potresti lavorare con i profughi o i malati di HIV se non possedessi una grande tenacia e la capacità di parlare alle persone che soffrono senza sminuirle."

"Sono solo ragazzini." Pia sapeva di stare parlando a vanvera, ma non riusciva a fermarsi. "Non sono mai stata molto brava con loro e quando vedo che stanno male, come quella ragazza—"

"Adesso sei tu quella che scherza, vero?"

"Temo di no."

"Ma sei stata meravigliosa con Arturo e Paolo." Il volto di Federico si addolcì e Pia si stupì di come egli irradiava amore per i propri figli mentre parlava. "Non solo ieri, in giardino, ma quando ti hanno colpita con il boomerang. Molti adulti avrebbero perso la calma, o almeno li avrebbero guardati storto. Tu ti sei fatta in quattro per assicurarti di alleggerire il loro senso di colpa. Ti sei resa conto di quanto erano turbati e hai fatto uno sforzo per confortarli, anche se eri tu quella che sanguinava."

Uscirono dall'ascensore e svoltarono a sinistra, seguendo i cartelli che indicavano il negozio di articoli da regalo. Videro la porta a vetri, ma le luci erano spente e il cartello sulla porta indicava che il negozio era chiuso. Rallentarono il passo e lui riprese la conversazione. "Hai un talento naturale per trattare i bambini. E anche gli adulti. L'infermiera che è uscita dalla stanza di Jennifer qualche ora fa mi ha detto che Jennifer se la stava cavando meglio del previsto con il primo travaglio e il primo parto, perché aveva te a farle compagnia. Le massaggiavi la schiena, la aiutavi con la respirazione… Non credo che tu ti riconosca abbastanza meriti."

L'uomo si interruppe, aspettando che Pia incrociasse il suo sguardo. Quando lei lo fece, l'intensità degli occhi azzurri di Federico e la sua espressione seria la immobilizzarono.

"Federico?"

"Volevo dirti…" Il principe prese bruscamente fiato. "Mi sbagliavo, ieri. Quando ho fatto quel commento mentre lasciavamo il giardino con Paolo e Arturo. Ti devo delle scuse."

Quelle parole la confusero. "Quale commento?"

"Quello secondo cui saresti una buona moglie e madre per qualcuno."

Pia gli lanciò una seconda occhiata, quindi continuò a camminare, nella speranza che l'uomo non avesse notato la sua reazione. "Vuoi scusarti per quello? Era un bel complimento. Sempre che tu fossi sincero, naturalmente."

"No." Federico le toccò una spalla, fermandola. "Ho sbagliato a dire così dopo quello che è successo l'ultima volta che siamo stati qui, in ospedale. Dopo che ti ho baciata. Quello che pensavo davvero era che saresti una moglie meravigliosa per me e una madre meravigliosa per i miei figli, anche se sarebbe stato inappropriato dirlo."

Pia cercò di non mostrarsi scioccata da quelle parole. L'uomo proseguì. "Mi sono sentito davvero bene a giocare sotto la pioggia con i bambini." Si passò una mano sopra la testa, come se faticasse a trovare le parole giuste. "Non mi ero mai sentito altrettanto rilassato. Altrettanto a mio agio con una donna e con i miei figli. Ma c'è dell'altro. Qualcosa di più. Non sono riuscito a non chiedermi se noi…"

Pia accentuò la presa sul caffè per evitare che le tremassero le mani. Federico diTalora, l'uomo che ogni donna del mondo occidentale voleva, aveva trovato "qualcosa di più" in lei? Una donna che non avrebbe saputo distinguere Prada da Chanel nemmeno sotto minaccia armata?

Impossibile. Eppure, Pia aveva bisogno di sapere, di sentirgli dire le parole. "Noi…?"

"Se ci fosse il potenziale per una relazione." L'emozione colorava il discorso di Federico e, per la prima volta da quando lo aveva conosciuto, Pia si chiese se fosse nervoso. "Ero sincero quando ho detto che devo onorare Lucrezia. Era la mia più cara amica. Ma semmai tornassi a frequentare una persona o mi risposassi, beh… Spero che sarebbe con una donna come te."

Si allungò e le sfiorò la mano, muovendo le dita sopra le sua. Sebbene il suo fosse un tocco gentile, chiunque li avesse notati vicino alle porte del negozio dell'ospedale avrebbe capito che la loro affinità era di tipo sentimentale. "Come può un uomo con due bambini piccoli, che vive tutta la vita di fronte alle telecamere, chiedere a una donna se lei potrebbe prendere in considerazione di trascorrere del tempo con lui?"

Pia non riuscì a fare altro che fissare il principe, inchiodata dalle sue parole, dal misto di paura e speranza nella sua voce e dal desiderio nudo nel suo sguardo. Le parole si rifiutavano di superare le sue labbra, ma lei sapeva di avere la risposta scritta in faccia.

Federico non doveva fare altro che chiedere.

Per fortuna, l'uomo la sollevò dalla necessità di parlare lanciando il bicchierino da caffè vuoto in una pattumiera vicina e allontanandola lentamente dal negozio. Mano nella mano, percorsero il corridoio in silenzio, bramosi di sfuggire alle occhiate curiose dei pazienti, dei visitatori e del personale che avrebbe riempito i corridoi con il sorgere del sole e l'inizio di un nuovo turno. La condusse fino a un vano scale, su per una rampa, poi lungo una serie di brevi corridoi. Senza preavviso, la attirò in uno studio buio, chiuse la porta e tirò il chiavistello.

"È lo studio del nostro medico di famiglia." La voce di Federico era a malapena più forte di un sussurro. Prese il bicchierino di Pia dalla sua mano libera e si allungò alle sue spalle, sfiorandola con il corpo, per posarlo sulla scrivania. "Dovrò ricordargli di chiuderlo a chiave."

"È passato per chiedere di Jennifer," riuscì a dire Pia, anche se avere le dita ancora intrecciate a quelle di Federico le obnubilava i pensieri. Poteva esserci un solo motivo per cui lui l'aveva portata lì.

Voltò la testa per osservare la stanza. Le luci fluorescenti del corridoio filtravano dal vetro oscurato della porta, proiettando una luce diffusa nella stanza. Le cartelle cliniche riempivano un vassoio su un lato della scrivania, ma per il resto la stanza era pulita e ordinata. Pia si allontanò di mezzo passo da Federico. Per quanto il suo corpo percepisse e bramasse l'inevitabile, il suo cervello continuava a opporsi. "Se ha lasciato la porta aperta, è probabile che abbia intenzione di tornare."

"Ha lasciato il reparto maternità un'ora fa. Aveva in mano le chiavi dell'auto." Federico circondò il mento di Pia con una mano e le voltò la testa in modo che la bocca di lei incontrasse la sua.

Dubbio e desiderio si fecero la guerra dentro di lei nella frazione di secondo prima che le morbide labbra dell'uomo sfiorassero le sue, con immensa delicatezza per darle l'opportunità di allontanarsi e finirla lì, se avesse voluto.

Pia si rese conto che, per la prima volta da quando si erano conosciuti, erano in un luogo dove nessuno li avrebbe interrotti. Non i bambini, non i fotografi, non il personale di palazzo. Erano solo loro due. Federico aveva un profumo meraviglioso. In lui c'erano una solidità e una gentilezza che – combinati con il modo in cui la abbracciava – si rivelarono irresistibili.

Pia lo voleva. Molto. Nel giro di un respiro, si appoggiò a lui e ricambiò il bacio. L'uomo strinse il suo corpo a sé, spegnendo in lei ogni capacità di protestare, di dirgli che aveva già ricevuto la chiamata a lasciare San Rimini e che ben prima di conoscerlo, aveva imparato che non sarebbe mai stata adatta a un uomo come lui.

Un suono basso giunse dalle profondità della gola del principe. Dentro di lei, qualcosa si dispiegò. Le sue dita si spostarono sulla vita dell'uomo, per poi salire lentamente.

Che male poteva mai fare un bacio? Pia sapeva che non sarebbe mai guarita da Federico. Da quel primo bacio rubato, l'uomo colmava ogni suo istante di veglia. Nulla di troppo intenso poteva accadere in un ospedale pubblico, dunque perché non afferrare un ultimo ricordo? Le avrebbe dato qualcosa da sognare quando si sarebbe ritrovata ancora una volta a organizzare una mensa in un campo affollato o all'interno di una capanna soffocante, a parlare di prevenzione dell'AIDS a delle donne.

Aprì la bocca a quella dell'uomo, cogliendo una nota di caffè mentre questi la sospingeva lentamente verso la scrivania. All'ultimo momento, Pia ruppe il bacio quanto bastava per spostare il bicchierino da caffè che Federico aveva posato vicino al bordo. Poi, passando le mani in movimenti lenti, di adorazione, sull'ampio petto e sulle braccia dell'uomo, scoprì i muscoli sodi e perfettamente proporzionati sotto le dita. Nonostante la vita fortemente irreggimentata, Federico trovava il tempo per allenarsi… e parecchio, a giudicare dal modo in cui le sue spalle tendevano il cotone della polo grigia. Sebbene l'uomo avesse un aspetto incredibile in un completo, esso nascondeva molto di quel duro lavoro.

Lui sorrise contro la bocca di Pia, avendo capito esattamente quello che stava facendo.

Fra un bacio e l'altro, lei mormorò: "È un'ingiustizia. Quand'è che trovi il tempo…?"

"Alle cinque del mattino," bisbigliò il principe, avendole letto nel pensiero. "Prima che i ragazzi si sveglino. È l'unico momento che ho tutto per me."

Quanto ancora c'era da scoprire su di lui? E quanto se ne sarebbe pentita quando se ne sarebbe andata per lavorare in Africa? Doveva farlo. Aveva preso l'impegno e centinaia di persone contavano su di lei.

Federico si chinò nuovamente a catturarle le labbra, stuzzicando, tirando, mordicchiando. Si spostò per tormentare il punto delicato in cui la mascella si univa all'orecchio, poi scese verso il basso, baciando la colonna della gola di Pia con un calore che la lasciò sconvolta. La sollevò sulla scrivania e, senza riflettere, lei gli avvolse le gambe attorno alla vita e le braccia attorno alle spalle, piantando un palmo contro la nuca per stringerlo a sé. Cosa avrebbe dato per avere quell'uomo nudo nel suo letto?

E quanto sarebbe fantastico? contemplò una parte pericolosa della sua mente.

Le mani dell'uomo si infilarono fra i suoi capelli e i loro baci si fecero più accalorati e più romantici. Quando lui sollevò la testa, occhi lucidi e sensuali incrociarono lo sguardo di quelli di Pia. Federico si chinò a prendere ancora una volta la sua bocca, ma esitò, spostandosi infine a darle un lungo bacio sulla guancia prima di voltarsi e mormorarle nell'orecchio.

"Spero che questo significhi che prenderai in considerazione di restare."

CAPITOLO 8

FEDERICO SI STACCÒ quando Pia non rispose. Non gli piacque la nota di circospezione che vide negli occhi della donna. "Per un po'," precisò. "E non come bambinaia dei miei figli. Per noi. C'è qualcosa di unico fra di noi e mi piacerebbe vedere a cosa potrebbe portare."

Sempre che Pia fosse d'accordo, aggiunse quasi. Si era forse mosso troppo in fretta? Non aveva mai frequentato le donne nel senso tradizionale del termine. Persino prima di Lucrezia, la maggior parte delle sue frequentazioni era stata combinata, organizzata o da amici in comune o dai suoi genitori. Forse, travolto dal senso di ottimismo che Pia aveva suscitato in lui, Federico aveva agito in maniera incorretta.

"Non posso." Lo sguardo della donna si rabbuiò e la sua espressione si fece indecifrabile. "Ma non è colpa tua, Federico. È colpa mia."

Federico lasciò ricadere le mani e si costrinse a sorridere, anche se sapeva che il suo sorriso era palesemente fasullo. "Ho visto abbastanza programmi televisivi americani da capire che questo è quello che si definisce un 'rifiuto cordiale,' giusto?"

"No, no. È solo che... L'altra sera, mi ha chiamato il mio

supervisore. Non posso restare. Il mio prossimo incarico comincia fra una settimana."

"Se volessi restare, potresti posticiparlo?" Pia aprì la bocca, ma di fronte alla sua espressione di disagio, Federico rispose per lei. "Ma tu non vuoi restare. Capisco e ho sbagliato a chiedertelo. Il tuo lavoro fa parte di quello che sei."

Si voltò verso la porta, ma il tocco della donna sul braccio lo fermò. "Mi dispiace, Federico." Gli occhi di Pia si illuminarono, ma lei scacciò le lacrime prima che scorressero. "Vorrei provare, più di quanto tu possa immaginare, ma a lungo andare, credo che restando ti recherei danno."

Dunque, provava qualcosa per lui.

Federico esalò un lungo sospiro, quindi si voltò per sedersi sulla scrivania accanto a lei. Lucrezia. Doveva essere per via di Lucrezia.

Federico non era il tipo che discuteva della sua vita privata con gli altri. Non solo era di natura riservata, ma l'indiscrezione era un grosso rischio per una persona con il suo status. Tuttavia, se non si fosse spiegato, forse non avrebbe mai trovato quella felicità che Antony, Marco e Isabella avevano nelle loro vite.

Portandogli via Lucrezia – per quanto doloroso fosse – la sorte gli aveva dato una seconda possibilità. Federico non poteva lasciar perdere. Non sapeva esattamente se fosse in grado di spiegarlo senza sembrare spietato, ma c'era una serenità nel sedere accanto a Pia, spalla a spalla, che lo spingeva a rendersi conto che la scelta migliore era dirle tutto e sperare in bene.

"Pia, devo spiegarti una cosa." Federico strinse i denti, quindi proseguì. "Ho lasciato che tu credessi qualcosa di non vero riguardo al sottoscritto quando sono venuto a prenderti in aeroporto, il giorno del tuo arrivo a San Rimini."

La donna si accigliò. "Cosa?"

"Non volevo che si sposassero." Quando lei lo guardò confusa, Federico aggiunse: "Antony e Jennifer, intendo. Quanto

Antony ha cominciato a corteggiare Jennifer, io gli ho detto che non credevo che fosse una scelta saggia e che non avrebbero dovuto sposarsi."

Pia sollevò il bacino dalla scrivania e angolò la testa per fissarlo. Era palese che stava ripensando alla conversazione nella limousine, quando lei aveva commentato distrattamente che non riusciva a credere che Jennifer ed Antony fossero sposati, figurarsi che stessero per diventare genitori. "Perché no?"

"Credevo che un principe – soprattutto un erede al trono – dovesse sposare una persona altolocata, proveniente da una famiglia aristocratica. Una persona che comprendesse la nostra nazione e le sue tradizioni, che conoscesse l'ampiezza e la profondità del ruolo che Antony era destinato a ricoprire in quanto futuro re. Non credevo che una donna priva di titoli – per di più americana e operatrice umanitaria – fosse in grado di farlo, nonostante avessi conosciuto Jennifer e la ammirassi. E sebbene sapessi che Antony si era, beh…"

"Innamorato?" chiese sottovoce Pia.

Federico annuì. "I sentimenti di Antony nei confronti di Jennifer sono stati palesi sin dalla prima volta in cui ho conosciuto lei a una funzione di palazzo. Lo sguardo di mio fratello non si allontanava mai da lei. Jennifer lo ha spinto a rivalutare i suoi obiettivi e i suoi desideri. Lo trattava come un uomo e un pari, non un principe. E lui la amava per quello. Amava il modo in cui lo faceva sentire quando lui poteva ricambiare e sfidarla a diventare una persona migliore. Hanno creato un legame. Un legame serrato."

Pia sembrava in difficoltà a gestire quell'informazione. I suoi occhi nocciola si concentrarono sulla mascella di Federico per diversi secondi prima che lei sollevasse il mento per incrociare il suo sguardo. "Perché mi dici queste cose?"

"Perché ho commesso un errore di valutazione. Antony non avrebbe potuto trovare una sposa migliore, una madre migliore per i suoi figli o una donna migliore per diventare un giorno la regina di San Rimini." Federico lanciò un'occhiata alla porta. Da qualche parte, a diversi piani di distanza, Antony e Jennifer stavano per diventare genitori. Il loro amore reciproco non avrebbe fatto altro che crescere con l'allargarsi della loro famiglia, a differenza di ciò che era accaduto nel matrimonio di Federico. Nulla era cambiato fra lui e Lucrezia. Avevano cominciato come amici e come amici avevano finito.

"Se mi sono sbagliato riguardo a Jennifer, potrei essermi sbagliato riguardo ad altre cose." Pia si era posata una mano sulla coscia e lui si allungò ad accarezzarle le dita. "Preferirei non ammetterlo, ma ho commesso un errore a sposare Lucrezia. In cuore mio, durante il nostro matrimonio, lo sapevo, ma l'ho ignorato. Era facile vivere ogni giorno come una routine e concentrarci sulla nostra amicizia e sui nostri figli. Non c'era astio, non c'era conflitto. Ma il giorno della morte di Lucrezia, quando ho saputo che Marco intendeva rinunciare alla relazione con Amanda e seguire il suggerimento, da parte di mio padre, di contrarre un matrimonio combinato, mi sono reso conto dell'errore che avevo commesso sposandola."

"Marco voleva...?"

Federico liquidò con un gesto l'espressione confusa della donna. "È una storia lunga. Quello che voglio dire è che, quando Lucrezia è morta, io mi sono reso conto di averla defraudata della possibilità di vivere accanto a qualcuno che la amasse davvero. Avrebbe dovuto sposare una persona che fosse più di un amico e un confidente. Avrebbe dovuto godere anche della passione. Di un marito che si svegliasse ogni mattina pensando a lei e che tornasse ogni sera da lei con gioia. Io ho portato il lutto per lei, ma anche per quello che avrebbe dovuto avere. Non ha avuto occasione di vivere appieno la sua vita e la colpa è mia. Ho detto a Marco di non commettere il mio stesso errore. Gli ho detto che doveva esplorare quello che c'era fra lui e Amanda."

Pia rimase in silenzio. Lui le strinse gentilmente la mano e disse: "Solo ieri, quando abbiamo trascorso il pomeriggio a giocare in giardino, ho capito finalmente che sposare Lucrezia è stato un errore anche per me stesso. Mi sono privato di un'opportunità; non ho semplicemente defraudato Lucrezia."

"L'hai sposata, ma non la amavi?" La voce di Pia si ruppe nel pronunciare le ultime parole.

"Le volevo bene, ma non ero innamorato di lei. Lucrezia era una cara amica, una persona che conoscevo e comprendevo sin dall'infanzia. L'ho sposata perché era una buona idea per San Rimini, perché sapevo fin dalla nascita di dover contrarre un buon matrimonio e di dover generare degli eredi in modo che la famiglia diTalora rimanesse sul trono e la nostra nazione conservasse la stabilità politica. È quello che hanno fatto tutte le generazioni prima della mia. Chi ero io per comportarmi diversamente?"

Di fronte all'espressione dubbiosa sul volto di Pia, Federico aggiunse: "Non fraintendermi. Lucrezia e io andavamo d'accordo. Io la rispettavo e sento ogni giorno la sua mancanza. Ma non c'era passione nel nostro matrimonio."

Rimasero in silenzio a lungo. Quando Pia, finalmente, parlò, le sue parole furono misurate. "Ma lo rifaresti? Il dovere è importante per te. Per non parlare della tua famiglia e della tua nazione."

Federico si alzò dalla scrivania e si voltò verso di lei. Doveva farle capire quanto fossero importanti le parole che stava per pronunciare. "No, e non solo perché ho sbagliato a privare Lucrezia della vita che meritava. Avendo seguito il dovere e ignorato il cuore, ho perso l'occasione di sposare una persona come te. Una persona che mi parla come se fossi un essere umano qualsiasi e non un principe. Una persona che apprezza i miei figli e che loro apprezzano a loro volta. Una donna che si prende cura dei suoi amici quando hanno bisogno di lei, che può affrontare qualunque crisi e che tiene agli indifesi. Una persona che mi fa venire voglia di intrufolarmi in un ufficio chiuso in modo da poterla abbracciare e baciare perché non desidero attendere un altro istante per farlo. Mi sono privato di ciò che condividono Antony e Jennifer." L'uomo catturò il volto di Pia fra le mani. "Pia, potremmo condividere un amore immenso. Un amore appassionato. Nei tuoi confronti, avverto un'affinità e un'attrazione che non ho mai provato con nessun'altra donna e di cui sono certo al punto da sapere che le provi anche tu. Ma non accadrà se tu te ne vai e noi ci neghiamo l'opportunità di conoscerci meglio."

Le fece scivolare le mani lungo le spalle, fino a quando non ebbe di nuovo preso le mani di Pia. Si stupì del numero di vite che lei aveva migliorato. Quante volte, si chiese, le mani di Pia avevano diretto una persona spaventata ed esausta a un rifugio per la notte o avevano servito cibo agli affamati?

Come aveva mai potuto lui ritenerla trascurata e impertinente quando era più vicino alla perfezione di quanto lui sarebbe mai stato?

"Credo," disse Federico, incrociando nuovamente lo sguardo di Pia, "che tu sia ancora più ligia al dovere di quanto lo sono io. È per questo che hai scelto di andare in Africa piuttosto che seguire i desideri del tuo cuore. Obbedendo al dovere, rischi di commettere lo stesso errore che ho commesso io. Non credi?"

Con suo stupore, lei scosse la testa. Federico si era aspettato qualche momento di riflessione, seguito da un "forse hai ragione." Invece, la donna contrasse la mascella e si rifiutò di incrociare il suo sguardo.

"Credo," bisbigliò infine lei, "che ti chiamino Principe Perfetto perché vedi la bontà negli altri anche quando essa non c'è."

La donna sfilò le mani da quelle di Federico, si portò l'indice alle labbra e poi toccò quelle di lui. Il dolore le riempì gli occhi al contatto. "Non sono così nobile, Federico. Andrò in Africa perché non sono abbastanza forte per restare qui." Scivolò giù dalla scrivania e lo oltrepassò, quindi aprì il chiavistello della porta dell'ufficio. Fece per girare la maniglia, quindi si fermò. "Perché non vai al negozio? Ci vediamo nella stanza di Jennifer. Di sicuro, lei vorrà avermi accanto quando arriverà il bambino. Poi, potremo andare ciascuno per la propria strada e fare la cosa migliore. Quello che abbiamo condiviso qui può restare qui."

Ciò detto, girò la maniglia e si incamminò verso gli ascensori.

PIA CROLLÒ contro il freddo metallo dell'ascensore nell'istante in cui le sue porte si chiusero, nascondendola al mondo. Usando il palmo della mano, si tamponò le lacrime, quindi si asciugò le mani nei pantaloni. Perché Federico doveva essere così dannatamente *perfetto*?

E come poteva lei *non* esserlo così tanto?

Era un coniglio. Un grosso, vigliacco, confuso coniglio.

Si era permessa di baciare Federico perché si era convinta che lui non avrebbe mai potuto avere intenzioni serie nei suoi confronti. Un uomo ancora in lutto per la perdita dell'amata moglie non era altro che un uomo alla ricerca di un chiodo per scacciare il chiodo, un uomo che si sarebbe dimenticato di lei prima che le ruote del suo aereo si staccassero dalla pista.

Ma a quanto pareva, Federico non era un amante dei chiodi. Era un uomo che provava vera attrazione per quella che poteva ben essere la prima volta. Per quanto l'idea la lusingasse, se Pia fosse rimasta sapendo di non potersi mai concedere completamente a lui, lo avrebbe trattato non meglio di come lui aveva trattato Lucrezia.

Anzi, peggio.

Pia inghiottì una nuova bolla di dolore prima che essa scoppiasse in superficie. Jennifer aveva bisogno di lei. Prima di fronteggiare la sua amica – o tenerne fra le braccia il figlio– lei avrebbe dovuto dimenticare tutto ciò che le aveva detto Federico. L'ultima cosa di cui aveva bisogno era perdere la concentrazione quando un neonato, soprattutto uno così piccolo, era fra le sue goffe braccia.

Forse si stava innamorando del principe Federico – no, ne era sicura; lo sapeva da molto prima che lui la attirasse nello studio per baciarla e che le dicesse la verità riguardo al proprio matrimonio – ma i suoi demoni erano più forti. Più pericolosi. Se avesse ceduto alla sensazione che avesse finto, con Federico e con se stessa, di poter essere tutto ciò che lui voleva lei fosse, lui e i suoi figli sarebbero rimasti feriti. Magari non l'indomani o il giorno dopo, ma prima o poi.

Come poteva Pia farlo quando centinaia di altre donne – donne che sarebbero state madri molto migliori per Arturo e Paolo – avrebbero amato Federico per tutto ciò che era e lo avrebbero sposato in un batter d'occhi?

E lei non si faceva illusioni: sapeva che Federico era un uomo tradizionale, da matrimonio. Si sarebbe risposato, questa volta per amore.

Mentre scendeva con l'ascensore al piano del reparto maternità, il suono di esclamazioni di gioia raggiunse le sue orecchie. Nel giro di qualche istante svoltò l'angolo vicino alla sala d'attesa e vide mazzi di palloncini blu legati alla postazione degli infermieri, grazie al personale medico, che a quanto pareva li aveva nascosti in attesa dell'arrivo dell'infante reale. Medici e infermieri curiosi colmavano la sala, sorridendo e abbracciandosi.

Jennifer aveva superato la fine del travaglio e partorito un maschietto sano. Un futuro re.

Quando Pia riuscì a farsi largo attraverso il personale in festa e a raggiungere la porta di Jennifer, un sorriso genuino la illuminò in volto alla vista della scena all'interno.

Incredibile come i demoni potessero essere così carini.

FEDERICO SI FERMÒ FUORI dalla porta della stanza di Jennifer alla vista di sua cognata che dormiva. Accanto a lei, su una sedia dall'aria scomoda, Antony si muoveva semiaddormentato, la testa appoggiata a un pugno, il gomito sul bracciolo della sedia. Federico fece un passo avanti con cautela, sperando di vedere Pia e di convincerla a uscire, ma la stanza era vuota, con l'eccezione dei genitori novelli.

Federico fece per uscire, ma si fermò nell'udire il suono di Antony che si schiariva delicatamente la voce, sperando di attirare la sua attenzione senza svegliare Jennifer.

"Tutto bene?" mimò con le labbra Federico.

Antony annuì, raddrizzandosi sulla sedia e facendo cenno a Federico di rientrare. Sussurrando, il principe ereditario spiegò: "Mio figlio è dall'altra parte del corridoio, nella nursery. Ha appena fatto il suo primo bagnetto."

Federico sorrise nell'udire l'orgoglio nella voce di suo fratello maggiore. "Ed è stanco come la madre, sì?"

Antony annuì. "È stata una giornata lunga per tutti. Non vado a controllare come sta da almeno un'ora. Ti dispiace…"

"Figurati. Riposati. Non ne avrai l'opportunità dopo che sarai tornato alla Rocca." Federico accennò con il capo alla finestra. Diversi piani più in basso, un'orda di giornalisti provenienti da tutto il mondo attendeva l'occasione di fotografare la neonata famiglia e di fare domande. "Non solo per loro, ma anche per via delle trattative in Medioriente."

"Lo so fin troppo bene. Mi sveglierai se qualcosa non dovesse andare?"

Federico annuì. Antony trasse un respiro profondo e posò una mano sul letto accanto alla moglie addormentata, quindi si appoggiò allo schienale della sedia e chiuse gli occhi, assaporando le sue prime ore da genitore.

Federico uscì indietreggiando dalla stanza, lottando contro un'ondata di gelosia che lo travolse.

Riusciva facilmente a immaginare di avere quella stessa vita con Pia, nei giusti tempi. Di giacere accanto a lei, le teste l'una accanto all'altra sui cuscini dopo che i bambini si erano addormentati, discutendo delle avventure che avrebbe portato il giorno a venire. Di scostarle con le dita gli scarmigliati capelli biondi dal viso per guardare nei suoi dolci occhi nocciola e darle il bacio della buona notte, o per svegliarla la mattina. Per proteggerla come Antony faceva con Jennifer.

Si diede uno scossone mentale mentre si incamminava verso la nursery. Le sue fantasie erano anni luce più in là del pensiero razionale. Chiunque si sentisse in quel modo riguardo a un altro essere umano così presto dopo averlo conosciuto doveva essere infatuato.

D'altra parte, Federico aveva trascorso abbastanza anni nella solitudine emotiva da sapere di non essere chiunque.

Conosceva donne un giorno sì e un giorno no. Parlava con loro, faceva amicizia con loro, collaborava con loro a dei progetti. Nessuno lo smuoveva come faceva Pia Renati.

Non solo la trovava fisicamente bellissima, nonostante i capelli in disordine e lo stile sportivo fossero completamente diversi rispetto a quelli delle donne che tendevano a frequentare la sua vita, ma Pia, quando si rilassava, metteva in mostra una lingua tagliente, un cuore grande e un intelletto che lo avrebbe affascinato ogni giorno della sua vita.

Parte di lui pensava che fosse una stupidaggine invitare una donna nella sua vita dopo il disastro che aveva combinato sposando Lucrezia, ma una parte ancora più grande di lui voleva Pia. Disperatamente. L'opinione pubblica non aveva importanza. Il dovere non aveva importanza.

Lui aveva importanza. I suoi figli avevano importanza.

Pia aveva importanza.

Federico imprecò sottovoce in preda alla frustrazione.

Nessuna donna lo aveva mai guardato come lei aveva guardato lui, né lo aveva baciato alla stessa maniera, con tanta intensità.

Allora cos'era che la spaventava?

Quando era tornato alla stanza di Jennifer dal negozio con un grande orso di pelouche in una mano e un mazzetto di fiori nell'altra, Pia aveva attirato la sua attenzione prima che lui potesse portare il tutto nella stanza. Un'ondata di panico aveva attraversato il volto della donna, per poi svanire. Nell'attimo in cui lui aveva decifrato la sua espressione, si era reso conto che Jennifer aveva già partorito e che lui era passato accanto ai palloncini alla postazione degli infermieri senza decifrarne il significato. Antony gli aveva fatto cenno di entrare e presto lui era stato distratto dal fagotto fra le braccia di Jennifer. Ma non al punto da non aver notato la presenza di Pia... e poi la sua improvvisa scomparsa. Non credeva che Pia avesse mai avuto l'occasione di prendere in braccio il bambino, con tutto il personale medico che faceva avanti e indietro dalla stanza in quel momento. Il disappunto che Federico provava per la consapevolezza che non solo lei aveva respinto la sua proposta, ma non voleva nemmeno trovarsi nella stessa stanza con lui, gli provocava una sofferenza fisica.

Avrebbe voluto capire.

Si avvicinò alla postazione degli infermieri, dove fu accompagnato nella nursery con l'ammonizione a restare in silenzio. Nello stesso istante in cui gli venne in mente che Pia poteva essere venuta lì, la vide china sulla culla del principino.

La donna gli dava le spalle, ma l'infermiera accanto a Pia, più abituata all'andirivieni del reparto maternità, prese nota del suo ingresso. Non volendo disturbare Pia, Federico mosse la mano come a tagliare l'aria, intimando all'infermiera di non dire nulla. L'infermiera sbatté le palpebre per annuire, poi si concentrò su Pia. Parlando in un italiano dall'accento sanriminese, disse: "Può prenderlo in braccio, se vuole. I genitori hanno dato il permesso."

"Oh, no," bisbigliò Pia in un italiano delicato e musicale, ma il suo nervosismo di fronte a quella proposta era palese dalla sua schiena rigida. "Mi sembra contento così com'è."

L'infermiera mora rivolse a Pia un sorriso dolce. "Sarà un'esercitazione per il battesimo. Mi hanno detto che lei sarà la madrina. E ai neonati piace essere tenuti in braccio." L'infermiera gesticolò verso l'estremità di una fila di culle, diverse delle quali erano occupate da neonati addormentati. "Si sieda sulla sedia a dondolo. Le passo il bambino."

Pia esitò, quindi si spostò all'estremità della fila e si sedette, continuando a dare le spalle a Federico. "Non sono molto brava con i bambini."

L'infermiera strinse la coperta attorno al bambino dagli occhi spalancati, quindi mise il fagotto simile a un burrito fra le braccia di Pia. "Non si preoccupi. So che le piacerà."

"Non è questo il problema." L'apprensione colorò la voce di Pia mentre fissava sbalordita il bambino. "Ho la tendenza a romperli."

L'infermiera si sedette sul poggiapiedi di fronte alla sedia a dondolo di Pia. "Non sotto la mia sorveglianza. Se la sta cavando benissimo. Vede? Il piccino sta cercando di liberare il braccio per prenderle il dito."

Federico guardò ancora per un istante mentre l'infermiera continuava a parlare sottovoce a Pia e al bambino. Gradualmente, Pia si accomodò contro le assicelle della sedia a dondolo.

"Nei libri sulla gravidanza e la genitorialità sembra tutto così facile," sentì dire Federico a Pia.

"E le pubblicità dei prodotti dimagranti fanno sembrare che chiunque possa perdere dieci chili senza fare esercizio o bramare i cannoli," scherzò l'infermiera. "Per tutto c'è bisogno di pratica. Ci arriverà. Il bambino non si romperà."

Pia esalò un respiro agitato, ma non rispose.

Senza dire una parola, Federico uscì silenziosamente dalla nursery.

CAPITOLO 9

"Vostra Altezza, il primo colloquio è fra mezz'ora. Il battesimo è alle undici, seguito dal pranzo; poi, le altre tre candidate sono previste per il tardo pomeriggio. Vuole rivedere i loro curricula?"

Federico sollevò lo sguardo dalla sua scrivania, dove un grosso mucchio di corrispondenza attendeva la sua attenzione, e vide Teodora entrare nel suo ufficio. Aveva sognato di nuovo a occhi aperti – un lusso che si concedeva di rado – ma non riusciva a levarsi di dosso il pensiero di ciò che lui e Pia avevano condiviso nell'ospedale e di ciò a cui aveva assistito nella nursery.

Da allora era trascorsa una settimana, ma l'unico effetto che aveva avuto il passaggio del tempo era stato quello di spingerlo a pensare ancora di più alla donna. Persino seppellirsi nel lavoro e nella ricerca di una nuova bambinaia non lo aveva distratto.

Naturalmente, non aveva aiutato il fatto che loro due avevano trascorso la maggior parte di quella settimana insieme, anche se sotto gli occhi degli altri. Ora che Isabella e Marco erano tornati alla Rocca con i rispettivi coniugi, la sala da pranzo di famiglia era divenuta il centro dell'attenzione, con tutti che si attardavano a lungo durante i pasti, perché avevano alleggerito il loro carico di lavoro nei giorni fra il parto e il battesimo. Pia era stata una presenza fissa a quei ritrovi, fermandosi dopo cena per giocare a carte con i germani di Federico, ingaggiando partite a dama cariche di discussioni con Paolo e insegnando gli scacchi ad Arturo. Quando la famiglia non si era trovata nella sala da pranzo, il magnifico tempo del primo autunno aveva attirato l'intero clan nei giardini. Pia si era unita a loro in quasi tutte le occasioni, aiutando persino quando Marco aveva suggerito di montare una rete per il badminton.

A ogni giorno che passava, Federico era sempre più attratto da lei. Pia aveva una visione positiva della vita, che lui ammirava; era paziente con i suoi figli e si sentiva più a suo agio con i suoi germani e le loro peculiarità individuali a ogni giorno che passava. Aveva persino rimproverato Marco quando aveva sospettato che lui barasse a carte, quindi aveva aggiornato tutti in maniera commovente sulla ripresa di Jennifer fino a due sere prima, quando si era sentita abbastanza bene da raggiungere gli altri per cena. In seguito, avevano guardato un film Disney nella biblioteca di palazzo, dove Eduardo li aveva sorpresi facendo montare un grande schermo.

A Federico era stato assegnato il posto accanto a quello di Pia in diverse occasioni durante i pasti e per due volte aveva fatto coppia con lei a badminton. Quando Paolo aveva deciso di voler sedere in grembo a Pia durante il film, Federico aveva preso il posto vuoto accanto a loro sul divano, pronto a recuperare il ragazzo nel caso fosse diventato troppo pesante.

Nel corso della settimana, avevano riso insieme, avevano parlato di politica e di cinema e si erano scambiati battute leggere, soprattutto durante un'accalorata partita a badminton contro Marco e Amanda. Ma non si erano toccati, non avevano parlato di nulla di serio. E non avevano trascorso un singolo istante da soli.

La vicinanza senza intimità lo faceva impazzire.

Federico prese il mucchietto di curricula da Teodora e lo sfogliò, anche se conosceva già i contenuti. Lui e Teodora avevano trascorso entrambi del tempo al telefono con il capo dell'agenzia, discutendo delle candidate, e avevano ridotto i colloqui a quelle quattro. Ciascuna aveva del potenziale, ma l'idea di affrontare le candidate, cercando di capire chi sarebbe stata la più adatta a seguire Arturo e Paolo e che genere di influenza avrebbe esercitato sui bambini, lo sfiancava.

Fissò la prima pagina, che conteneva delle informazioni sulla candidata a cui avrebbe fatto il colloquio per prima. Dopo quel giorno, il suo mondo sarebbe cambiato. Avrebbe avuto una bambinaia nuova e Pia se ne sarebbe andata.

Stando a quanto raccontava Antony, quella sera la donna sarebbe partita per il Botswana, dopo il battesimo del piccolo principe Gianluca, che Antony e Jennifer avevano cominciato a chiamare Luc. Federico non era pronto. Ma non poteva evitare che lei salisse su quell'aereo.

"Principe Federico? Posso aiutarvi in qualche modo?"

Federico esitò, sorpreso ancora una volta a fissare nel vuoto. "Chiedo scusa. Ero distratto."

Teodora inarcò un sopracciglio. "Se preferite, sarei lieta di condurre io stessa i colloqui, per restringere il campo."

Federico scosse la testa. "No, l'abbiamo già ristretto al massimo. Devo trascorrere quanto più tempo possibile con le candidate prima di prendere una decisione."

La sua assistente annuì e si incamminò verso l'ingresso dell'ufficio, ma lui la fermò quando le venne in mente un'idea. "Teodora, per che ora è prevista la fine dei colloqui?"

"Per le sei o le sei e mezza, a seconda di quanto tempo trascorrete con le candidate. Potrete godervi la serata con i vostri figli, se volete. La principessa Isabella si è offerta di prenderli con sé mentre voi conducete i colloqui."

Federico tamburellò per un attimo sulla scrivania. La sua

idea era poco professionale, persino maleducata, ma il tempo volava. Doveva correre il rischio.

"È troppo presto rinviare i colloqui della serata a domani? C'è un'altra cosa che devo fare e, se dovesse funzionare, voglio il resto della serata libero." Descrisse il suo piano, poi disse: "Dunque?"

Teodora aprì leggerissimamente la bocca prima di riprendersi, annuendo come se la richiesta non fosse del tutto fuori dall'ordinario. "Certo, Vostra Altezza. Ma credo che Jennifer abbia già organizzato l'aspetto logistico…"

"Ottimo. Faccia le scuse alle candidate per il cambiamento dell'ultimo minuto. Se qualcuna di loro non potesse venire domani, sposterò l'appuntamento a seconda della loro disponibilità e mi farò carico di qualunque spesa dovuta al tardo preavviso. Poi chiami Harriet per riorganizzare la logistica. Ma la prego di non dire nulla alla signora Renati. Vorrei farle una sorpresa."

O, meglio, impedirle di sfuggirgli. Prima che lei lasciasse la Rocca per sempre, Federico voleva avere un'ultima occasione di parlare con Pia.

⁂

PIA SPOSTÒ i piedi sull'antico pavimento di marmo, ascoltando con un orecchio solo mentre il prete raccontava alla famiglia diTalora di come la nascita di Gianluca fosse una benedizione per entrambi i suoi genitori e per il Paese che un giorno avrebbe guidato.

Con l'eccezione del salmodiare sommesso del prete, nel Duomo non si udiva un suono. Persino il pulviscolo dell'antica cattedrale si era immobilizzato per la cerimonia, all'apparenza sospeso immobile nella luce che filtrava dalle vetrate. Sebbene ora Gianluca fosse secondo dopo il padre in linea di successione al trono più longevo della storia europea, Jennifer ed Antony erano riusciti a tenere la stampa fuori dalla cerimonia. Solo la madrina, il padrino e i parenti stretti erano presenti, il che faceva della cerimonia la più intima a cui la famiglia reale avesse partecipato da anni.

Mentre le parole del prete riecheggiavano fra le cavernose arcate grigie della cattedrale, Pia tenne lo sguardo fisso sul neonato. Beatamente addormentato fra le braccia di Jennifer, il bambino indossava la stessa veste di pizzo bianco bicentenario che un tempo aveva indossato suo padre. Ci volle ogni grammo della forza di volontà di Pia per tenere l'attenzione lontana dal principe Federico, in piedi dalla parte opposta dell'altare rispetto a lei.

Avrebbe dovuto sapere che Jennifer ed Antony avrebbero chiesto a Federico di fare da padrino a Gianluca. Antony era più legato a Federico che a chiunque altro, tranne che alla propria moglie. E ciò significava che, nel bene e nel male, Pia e Federico sarebbero rimasti legati per tutta la vita, almeno da un piccolo punto di vista. Per fortuna, non esistevano regole che imponevano a madrina e padrino di trascorrere del tempo insieme durante la crescita del bambino.

Pia inalò lentamente nello sforzo di emanare calma e cercò di non pensare alle parole che le aveva rivolto Federico quando era entrata nel duomo quella mattina. Al di sopra del rombo dell'organo, l'uomo si era complimentato con lei per il vestito rosa chiaro e le scarpe – entrambi presi in prestito, naturalmente – e poi le aveva accennato che Arturo e Paolo erano ansiosi di mangiare con lei durante il banchetto programmato a palazzo per dopo il battesimo.

Il principe aveva detto che i bambini avrebbero sentito la sua mancanza dopo la partenza, anche se il modo in cui si era sporto per dirglielo non lasciava dubbi sul fatto che includesse anche se stesso nel gruppo. Poi le aveva accennato che sarebbe stato seduto accanto a lei durante il pranzo. La sua ricca voce di baritono le aveva fatto arricciare le dita nelle scarpe col tacco.

Non aiutava che Federico avesse un aspetto sbalorditivo nel suo immacolato completo blu navy. La camicia azzurra che vi aveva abbinato faceva splendere ancora di più i suoi occhi.

Era incredibilmente distraente.

Pia sollevò lo sguardo sul magnifico rosone sopra la testa di Federico. Una parte di lei – la parte razionale – aveva sperato che l'uomo si sarebbe dimenticato di lei nel corso della settimana, mentre svolgeva i propri doveri reali, si prendeva cura dei propri figli e cercava una nuova bambinaia. Ma quando Gianluca aveva fatto la sua comparsa nel mondo, la famiglia aveva ridotto le apparizioni in pubblico, rinviandone molte a dopo il battesimo. Ciò significava che Pia aveva trascorso le ore precedenti al battesimo chiusa nella Rocca con l'intero clan diTalora… compreso Federico. Lei e Federico avevano fatto coppia due volte per giocare a badminton, ma la conversazione fra di loro era stata superficiale. Grazie alla presenza delle altre persone, lei aveva potuto frapporre un cuscinetto fra se stessa e Federico durante la maggior parte dei pasti e delle partite a carte serali, mentre la conversazione si concentrava sulla luna di miele di Nick e Isabella, sugli impegni recenti e imminenti di Marco e Amanda e sul neonato. Persino la sera in cui Eduardo aveva sorpreso tutti proiettando un film Disney nella biblioteca e Federico si era seduto accanto a lei, Pia aveva Paolo in grembo, che chiacchierava con lei dei personaggi, e aveva potuto schermarsi dal principe.

Ma per tutto il tempo, Pia era stata acutamente consapevole della presenza di Federico.

Lo aveva visto due volte in televisione nell'ultima settimana. Una volta in occasione della riapertura di una dimora storica nel cuore della città – che presto sarebbe diventata la residenza del nuovo ambasciatore americano – e poi durante un telegiornale, quando il principe aveva risposto alla domanda di un giornalista dichiarando che, sì, aveva organizzato dei colloqui per aspiranti bambinaie, che non aveva preferenze di genere e che sperava che la persona ingaggiata avrebbe avuto un'influenza positiva e duratura sui suoi figli.

Aveva inoltre risposto a una domanda piuttosto esplicita riguardante Pia, rispondendo che sì, Pia Renati era amica di Jennifer e che no, non c'era un rapporto sentimentale fra di loro. Aveva aggiunto che trovava inappropriate delle domande tanto personali e che sebbene lui fosse un personaggio pubblico e in quanto tale comprendesse la curiosità dei media, Pia non lo era, il che rendeva tali domande doppiamente inappropriate. Aveva concluso dicendo al giornalista – e ai media in generale – di aspettarsi che lui ignorasse futuri interrogativi riguardo a eventuali interessi sentimentali.

Udire Federico pronunciare le parole "nessun rapporto sentimentale" aveva fatto dolere la parte emotiva di Pia di un senso di vuoto. Quella parte di lei fantasticava ancora che l'uomo le circondasse il viso con le mani e la guardasse con interesse negli occhi.

Il buonsenso, tuttavia, le disse che era meglio così.

Mentre il prete bagnava con l'acqua santa la testa del neonato, Pia sorrise a Gianluca, che aveva un aspetto minuscolo e fragile in quel vestitino, e ricordò a se stessa che aveva fatto la scelta giusta. Negli ultimi giorni aveva trascorso tempo sufficiente guardando Jennifer con il bambino per cominciare a sentirsi più sicura alla presenza del piccolo Gianluca, ma non abbastanza da prendersi cura di lui senza la presenza di Jennifer o Antony. Nonostante il desiderio di aiutarli in modo che potessero dormire di più, Pia non sapeva se sarebbe mai stata in grado di restare da sola con un bambino piccolo senza essere sopraffatta da un'ondata di panico o rivivere mentalmente il suo incidente adolescenziale.

Molto meglio andare dove avrebbe potuto essere utile, lavorando per contribuire a prevenire la diffusione dell'HIV nelle zone in cui esso imperversava. Avrebbe potuto fare una vera differenza nelle vite di centinaia di persone.

Gianluca gorgogliò, cosa che strappò una risata a Antony. Alle spalle di Antony, il volto di Federico si illuminò di un sorriso radioso. Pia riportò di scatto l'attenzione al bambino nel momento in cui avvertì che Federico stava per sollevare la testa per condividere quel sorriso con lei. Lasciare San Rimini poteva anche essere la scelta più logica, ma la colpiva così vicino al cuore che non riusciva a guardare l'uomo. Non in quel momento.

La musica d'organo suonò a conclusione della cerimonia, poi re Eduardo si fece avanti per abbracciare il figlio e la nuora e per ringraziare il prete. Seguì un breve riassunto del piano per il ritorno alla Rocca e il pranzo celebrativo. Le strade fuori dal Duomo erano stracolme di cittadini venuti per cercare di cogliere l'occasione di intravedere la generazione successiva della famiglia diTalora. Sebbene la folla non fosse grande come quella che si era radunata per il matrimonio di Jennifer ed Antony, era grande a sufficienza da far sì che il rumore penetrasse le spesse pareti del Duomo e da richiedere la necessità di piazzare delle barriere lungo le strade vicine per controllare il traffico pedonale.

Pia si allontanò furtivamente da Federico per mettersi alle spalle di re Eduardo. Prima che potesse infilarsi in uno dei veicoli in attesa, il re in persona la fermò, ringraziandola per essere rimasta accanto a Jennifer durante le ultime settimane di gravidanza. Federico ne approfittò per avvicinarsi e, una volta che suo padre ebbe finito di parlare, il principe la prese per il gomito e la sospinse lungo la navata principale, fra le ampie file di banchi.

Fu una mossa così inaspettata che il cuore di Pia spiccò un balzo come se fosse appena saltata giù da un aeroplano. "Federico, che succede? Cosa stai–"

"È tutto a posto. Torna alla Rocca con me."

CAPITOLO 10

Pia lo trafisse con un'occhiata di sbieco. "Pensavo che il programma prevedesse che io viaggiassi con Marco e Amanda, mentre tu–"

"C'è stato un cambio di programma. Mio padre andrà con Jennifer, Antony e il bambino nell'auto capofila. Isabella e Nick viaggeranno con Marco e Amanda."

In quel momento, Pia si rese conto che il programma era cambiato perché lo aveva cambiato Federico. Cercò di atteggiare il volto per non mostrarsi allarmata mentre Federico proseguiva. "Questa mattina è stato dato l'annuncio che io e te siamo padrino e madrina. Ha senso che torniamo a palazzo insieme, *sì*?"

"La stampa non penserà che ci sia sotto qualcosa?" Non era necessario che Pia aggiungesse altro. Considerate le domande che la stampa aveva posto loro dopo che le avevano messo i punti all'ospedale, non c'era bisogno di fornire loro ulteriori pettegolezzi.

"I bambini verranno con noi, naturalmente. Non può esserci nulla sotto con due bambini al nostro fianco."

Pia soppesò le possibilità di svicolare e giunse alla conclusione di non avere molta scelta. Il fatto che Amanda, Marco, Isabella e Nick stavano già uscendo dall'ingresso secondario del Duomo, diretti verso la fila di limousine che attendevano di portarli a palazzo, era l'ultimo chiodo nella bara.

"D'accordo. Verrò con te e con i bambini." Pia si guardò attorno alla ricerca di Paolo e Arturo. I due si erano comportati così bene nel corso della cerimonia, seduti su un banco dietro le zie e gli zii, che lei si era dimenticata che erano giunti assieme al re dopo l'arrivo di Pia.

Federico fu il primo a vedere i ragazzi, che facevano capannello vicino alla porticina, ridacchiando, le giacche dei minuscoli completi sbottonate, le camicie parzialmente sfilate dai pantaloni. Il principe li raggiunse alle spalle e Pia lo seguì, notando nell'avvicinarsi che i bambini nascondevano qualcosa fra le mani. I due sobbalzarono quando si resero conto che il padre incombeva su di loro.

"Ehm, papà, andiamo?" chiese Arturo, mettendosi le mani dietro la schiena.

"Sì. Se prima mi farai vedere quello che stai nascondendo."

"Avevamo fame," spiegò Paolo, nonostante l'occhiataccia da parte di Arturo. "Il prete ci ha dato il permesso."

"Arturo?" Federico fissò lo sguardo sul figlio maggiore. Arturo sospirò profondamente, quindi mostrò una manciata di barrette di cioccolato in miniatura. "So che non dovremmo, papà, ma ce le ha date il prete e a me non piacciono gli stuzzichini."

Federico tese la mano. A quanto pareva, aveva spiegato ai bambini che prima del pranzo ci sarebbe stato un aperitivo con stuzzichini. "D'accordo. Potete mangiarne una a testa. Il resto lo terrò io per dopo."

Controvoglia, Arturo consegnò il bottino e Federico sistemò le camicie e le giacche dei bambini prima di indirizzarli fuori dalla porta e verso la limousine. Pia riuscì a malapena a rimanere seria durante lo scambio. A lei stessa brontolava lo stomaco alla vista delle barrette di cioccolato, per cui dubitava che i bambini potessero aspettare due ore dopo il consueto orario del pranzo per mangiare.

Rimase sulla soglia mentre Federico e i bambini si fermavano fuori dal Duomo per salutare la folla. Arturo e Paolo avevano imparato presto come comportarsi. Sorridevano, salutavano, posavano per le foto. Dopo un ragionevole intervallo, Federico tese la mano a Paolo, che la prese. Era il segnale di procedere verso la limousine. Pia tenne la testa bassa, ma un sorriso sul volto. Un'espressione che sperava essere appropriata per la madrina dopo un battesimo.

Per fortuna, il tragitto avrebbe richiesto solo pochi minuti; poi, Pia avrebbe potuto piluccare pasta sfoglia o quiche in miniatura mentre circolava fra i parlamentari e gli aristocratici radunatisi per il pranzo celebrativo. Sebbene il battesimo in sé fosse stato riservato alla famiglia, il pranzo era un evento più ampio. In precedenza, lei lo aveva temuto, ma ora si rese conto che le avrebbe dato l'opportunità di allontanarsi da Federico.

Il principe la aiutò a salire sulla limousine prima di prendere posto accanto a lei. I bambini si erano già allacciati la cintura sul sedile di fronte, con Arturo davanti a Federico e Paolo su un seggiolino davanti a Pia. I bambini erano colmi di entusiasmo ora che avevano superato quella che per loro era stata una cerimonia lunga e noiosa. La loro energia era contagiosa, rafforzata dall'atmosfera festiva della folla e dallo splendido sole. Le dava la sensazione di essere avvolta nella magia, in un luogo dove nulla poteva andare storto e dove lei aveva un posto.

Pia trasse un lungo respiro profondo e ignorò l'impulso a scivolare più vicino a Federico, a protendersi e mettergli una mano sul ginocchio e a dirgli che sì, aveva commesso un terribile errore e sarebbe stata felicissima di restare e vedere se potessero far funzionare una relazione. Invece, consapevole degli occhi che la guardavano tanto dall'interno quanto dall'esterno del veicolo, si sporse in avanti, sorrise e parlò con i bambini. Qualunque osservatore avrebbe pensato che fosse concentrata su di loro e non sul principe che aveva accanto.

La realtà era molto diversa. Pia sorrise ad Arturo quando questi le chiese perché Gianluca avesse indossato "uno strano vestitino di pizzo," ma quando Federico informò suo figlio che si trattava di una veste da battesimo e spiegò che Arturo e Paolo avevano indossato quella stessa veste nella medesima occasione, ogni terminazione nervosa di Pia parve sintonizzarsi su di lui. Era acutamente consapevole del bacino dell'uomo che comprimeva il cuscino del sedile accanto a quello di lei, dello spazio occupato dalle sue spalle contro lo schienale e dal suo odore familiare e allettante. Era persino consapevole delle dita allargate dell'uomo posate sul ginocchio nella sua visione periferica.

Come poteva un uomo solo essere tanto carismatico? La stessa aria all'interno della limousine sembrava elettrizzata dalla sua presenza. Era una fortuna che il pranzo si tenesse nella vasta Sala da Ballo Imperiale, perché lei avrebbe avuto bisogno di ogni molecola di quello spazio.

"Mi pare di capire che questa sera è previsto che tu parta per l'Africa," disse Federico mentre l'autista avviava il motore e si allontanava dal Duomo per seguire gli altri veicoli della famiglia. "Botswana, giusto?"

Lei annuì. "È il cuore della crisi, al momento. Abbiamo un centro laggiù."

Federico incoraggiò i bambini a scartare i loro dolci, poi abbassò la voce. "Mi rendo conto che non è il momento o il luogo adatto, ma devo parlarti prima che tu parta. Ti ho vista nella nursery dell'ospedale il giorno della nascita di Gianluca. Sono entrato dopo di te e me ne sono andato prima che tu mi vedessi. So che avrei dovuto annunciare la mia presenza, ma non volevo interrompere." L'uomo trasse un respiro profondo e la pausa parve pesantissima.

Pia si voltò verso di lui e capì subito cosa il principe doveva aver sentito. Non avrebbe mai voluto che lui conoscesse la profondità delle sue paure, soprattutto dato che le aveva permesso di giocare con i propri figli, ma forse era meglio così. Forse ora lui avrebbe capito perché lei aveva bisogno di voltare pagina.

"Pia, perché hai detto all'infermiera—"

Per quanto importanti fossero per lei le parole del principe, un rumore improvviso proveniente da Paolo la spinse a spostare l'attenzione su di lui. Il bambino picchiò il pugno sul lato del seggiolone, poi nella direzione del ginocchio di suo padre.

"Paolo?" chiese lei. "Paolo, va tutto bene?"

Il volto di Paolo si fece paonazzo. Prima le guance, poi dalla sommità del capo fino alla gola. Farfugliò e cercò di tossire, ma invano. Terrorizzato, fissò lo sguardo su Pia, chiedendo aiuto senza emettere un suono.

"Soffoca," disse Pia a Federico mentre si slacciava la cintura e si inginocchiava di fronte al bambino. Liberò Paolo dal seggiolone, lo prese fra le braccia e lo colpì alla schiena diverse volte. L'incarto della barretta di cioccolato era ancora stretto nella mano del piccolo.

Pia lavorò velocemente, allentando la cravatta di Paolo e sbottonandogli la camicia. Lo fece piegare in avanti e cercò ancora una volta di smuovere il dolce.

Federico s'inginocchiò sul pavimento della limousine accanto a Pia.

"Paolo, oh no, Paolo." Si sporse oltre il sedile dei bambini, attirando l'attenzione dell'autista nello specchietto. "Accosta subito. Poi chiama un'ambulanza."

"Vostra Altezza, se accostiamo qui verremo presi d'assalto." L'autista inclinò la testa verso la folla che bordava la strada acciottolata. "E con la strada chiusa, l'ambulanza faticherebbe a raggiungerci. Suggerisco di superare l'auto di vostro padre e arrivare a palazzo." Senza aspettare l'assenso di Federico, l'uomo prese il cellulare fissato sul cruscotto e chiamò, dicendo a chiunque avesse risposto di dire al dottore di aspettare all'ingresso del palazzo.

Nel frattempo, Pia prese Paolo per la vita, incuneandoselo in grembo il meglio possibile nello spazio ristretto fra i due sedili. Ora che Paolo non era più in grado di respirare, Pia non aveva intenzione di attendere che arrivassero a palazzo.

"Paolo," spiegò, sforzandosi di mantenere un tono di voce fermo mentre sollevava il bambino in modo che questi avesse la testa proprio di fronte alla sua. "Adesso ti metterò le mani sotto le costole." Chiuse entrambe le mani a pugno e trovò il minuscolo spazio alla base della gabbia toracica del bambino. "Cerca di lasciarti andare contro di me, d'accordo?"

Il ragazzino continuò a dimenarsi, l'istinto che lo spingeva verso il padre. Arturo gridò il nome di suo fratello, la voce colma di terrore. Avendo capito il bisogno di Pia, Federico ignorò Arturo e si concentrò su Paolo, incoraggiando il figlioletto spaventato a dare retta a Pia. Per un attimo, Paolo incrociò lo sguardo di suo padre e il suo corpo si rilassò. Pia mosse le mani in avanti e verso l'alto, poi ripeté il gesto.

Forza, Paolo, forza. Il silenzio assoluto di Paolo e il suo volto sempre più scuro la strinsero in una morsa di terrore. Pia si obbligò a scacciare la visione dei capelli di una bambina che svolazzavano sopra la testa mentre prendeva il volo, pregò dentro di sé e cercò una terza volta di espellere il dolcetto dalla gola di Paolo.

Un pezzo di cioccolato mezzo sciolto schizzò fuori dalla bocca del bambino, atterrò sui pantaloni del padre e scivolò a terra.

Paolo crollò. Inalò una boccata d'aria, si fermò, poi emise un suono fischiante prima che un grido gli venisse strappato dai polmoni.

Subito, Federico strinse entrambi i figli in un abbraccio. "Va tutto bene, Paolo. È tutto a posto. *Va tutto bene*."

Pia lasciò ricadere la testa sopra quella di Paolo, travolta dal sollievo. Cosa avrebbe fatto se Paolo non fosse riuscito a espellere il dolce? Sarebbero arrivati in tempo a palazzo? Come avrebbe reagito Federico a un colpo del genere?

"Che non accada mai più. Mi hai spaventata, Paolo," bisbigliò contro i morbidi capelli castani del bambino, cullandolo contro di sé.

"Idem," mormorò Federico.

"Idem!" gridò Arturo, saltando giù dal sedile e aggrappandosi alle ampie spalle di Federico.

Pia stampò un bacio sulla sommità della testa di Paolo e gli disse che andava tutto bene, e il bambino borbottò "ok" fra i respiri affannosi e i pianti. Ma ora che il pericolo immediato era passato, emerse in lei quella parte che si opponeva all'idea di avvicinarsi a Federico o alla sua famiglia.

Stare seduta sul pavimento dell'auto, nonostante il conducente stesse guidando a rotta di collo per tornare a palazzo, era fin troppo piacevole. Essere abbracciata da Federico e dai bambini era troppo... troppo *giusto*. Come se lei fosse finalmente entrata a far parte della famiglia amorevole che aveva desiderato così tanto da bambina.

"Tornate a sedervi," disse a Paolo mentre la limousine svoltava l'ennesimo angolo, "prima che si verifichi un altro incidente."

Paolo annuì, il viso arrossato che ancora mostrava lo shock. Silenziosamente, tornò ad arrampicarsi sul seggiolone. Federico si sporse alle spalle di Pia per dire al conducente che andava tutto bene e che poteva anche rallentare. Mentre Pia allacciava la cintura di Paolo e Arturo tornava al suo posto e allacciava la propria, la mano di Federico le scaldò la spalla.

A voce molto bassa, il principe disse: "*Grazie mille*, Pia. Non avevo mai dovuto assistere una persona che stava soffocando, soprattutto non mio figlio. Non so se sarei riuscito a–"

"Io sono sicura di sì." Pia si voltò ad afferrare la cintura e un'occhiata fuori dal finestrino la sorprese con la visione dell'impressionante facciata del palazzo. Pia si allacciò la cintura e disse: "Nemmeno io avevo mai fatto una cosa del genere. Se me lo avessi chiesto cinque minuti fa, nonostante tutta la formazione al primo soccorso che ricevo come parte del mio lavoro, non avrei mai detto di essere sicura di poter affrontare una situazione reale."

"Dovresti esserlo."

Il tono di Federico era eloquente, a ricordarle che aveva udito la conversazione nella nursery. Lanciando un'occhiata a Paolo e osservando il suo colorito che tornava normale, Pia dovette ammettere che Federico non aveva torto. Forse lei non era incapace come aveva temuto di essere con i bambini piccoli.

Si fermarono di fronte al maestoso ingresso del palazzo. I giornalisti e i cameramen che avevano ricevuto accesso esclusivo alla proprietà per il battesimo del futuro re di San Rimini spinsero contro il cordone che li teneva lontani dal veicolo. Tutti gridarono la stessa domanda attraverso le portiere: perché gli occupanti della limousine erano stati visti sul pavimento? Perché avevano accelerato per precedere la processione? C'era un'emergenza?

Federico permise al conducente di aprire la portiera, rassicurando i giornalisti che avrebbero ricevuto subito risposta alle loro domande. Si allungò per aiutare Pia a scendere dall'auto e, alla vista delle telecamere sollevate, Pia afferrò di riflesso la mano di Federico più forte di quanto fosse appropriato.

Una volta che Federico ebbe allacciato le cinture dei bambini, li consegnò alla sua assistente e al medico di palazzo, che era uscito dal palazzo all'avvicinarsi del loro veicolo. Federico parlò rapidamente nell'orecchio di Teodora, raccontandole ciò che era accaduto sull'auto e chiedendole di far visitare Paolo dal medico prima di portare i bambini al ricevimento.

Una volta che entrambi i ragazzi furono accompagnati all'interno, Federico sospinse Pia verso i gradini del palazzo, quindi si voltò per rispondere alle domande dei giornalisti.

Mentre Pia sostava sull'ultimo gradino, una sensazione di déjà-vu la afferrò. Il mare di giornalisti era uno specchio della scena che si era svolta all'ospedale la sera in cui le avevano messo i punti. D'altro canto, le sue emozioni riguardo a Federico erano al tempo stesso più forti e più confuse di allora, quando lui le aveva dato quel primo bacio bruciante da far piegare le ginocchia.

Avrebbe ricordato quel bacio nel corridoio dell'ospedale per il resto della vita.

E avrebbe anche ricordato di aver aiutato Paolo e quel momento per il resto della vita.

Federico sollevò le mani per zittire il ronzio della folla. "Per rispondere alle vostre domande, abbiamo avuto una piccola emergenza. Nulla di preoccupante. Ho concesso a Paolo di mangiare un dolcetto mentre tornavamo dal Duomo e lui ha deciso che avrebbe potuto essere interessante vedere cosa sarebbe successo se l'avesse ingoiato in un boccone solo."

Alcuni giornalisti sorrisero in risposta al tono leggero di Federico, anche se, a giudicare dalle loro espressioni, nessuno sembrava pronto ad accettare una spiegazione tanto semplice. Federico si affrettò ad aggiungere: "Grazie alla signora Renati, non è accaduto nulla di serio. Paolo, come avete potuto vedere, sta benissimo. È un po' provato dal battesimo di suo cugino, forse, ma sta bene."

Pia avanzò lentamente, dirigendosi verso l'ingresso del palazzo e lontano dai giornalisti mentre questi sparavano una selva di domande. "Cosa ha fatto esattamente?"

"È qualificata a trattare un membro della famiglia reale?

"Quanto è stato grave l'incidente? Paolo riusciva a respirare?"

"Ha usato la manovra di Heimlich o Paolo ha espulso spontaneamente il dolce?"

"Il principino–"

Federico cercò di parlare al di sopra del rumore, assicurando la stampa che Paolo non aveva mai corso un vero pericolo, ma prima che i giornalisti potessero estorcergli ulteriori dettagli, il veicolo che trasportava re Eduardo, Antony e Jennifer, e il bambino appena battezzato entrò nel viale circolare. Il nuovo arrivo distrasse parecchi giornalisti, i quali erano stati inviati alla Rocca con l'unica missione di ottenere delle fotografie del nuovo erede al trono.

Federico indirizzò il resto dei giornalisti verso l'auto del principe ereditario e disse che il palazzo avrebbe rilasciato ulteriori dichiarazioni riguardo allo stato di salute di Paolo in seguito, se ciò fosse stato appropriato. Infine, li rassicurò che suo figlio stava benissimo prima di voltarsi verso il palazzo.

"Seguimi," disse Federico, dando di gomito a Pia. Lei lo seguì e nel giro di pochi istanti attraversarono la porta del palazzo e furono circondati dal personale pronto ad assistere gli ospiti il cui arrivo era previsto in seguito al corteo proveniente dal Duomo.

Pia lanciò un'occhiata a Federico mentre percorrevano l'ampio atrio diretti verso la Sala da Ballo Imperiale. "Te la sei cavata molto bene. Temevo che le domande della stampa avrebbero ritardato le altre auto e costretto a posticipare il pranzo. Sto morendo di fame."

Federico non rispose. Invece, una volta che furono fuori dal campo visivo del personale, nell'anticamera della Sala da Ballo Imperiale, il principe la prese per mano e la fece sedere su un grande divano foderato. Esso si trovava sotto un finestrone che dava sui giardini del palazzo e la luce del sole la immerse nel calore.

Forse ciò era dovuto al fatto che non solo Federico le teneva la mano, ma aveva angolato il corpo in modo che le sue ginocchia toccassero quelle di lei.

In qualche modo, Pia riuscì a mantenere la calma mentre chiedeva: "Che succede?"

"Nulla, ma non sfuggirai così facilmente. Né da me né dalla conversazione che abbiamo iniziato in auto."

Pia lanciò un'occhiata lungo il corridoio. Il resto della famiglia reale non era ancora entrato a palazzo. Doveva dare per scontato che i giornalisti li avrebbero tenuti occupati per un po'. "Ascolta, Federico–"

"Cosa c'è nei bambini che ti terrorizza? Perché li usi come scusa per andartene, quando l'istinto e il cuore ti dicono che siamo fatti per stare insieme?"

Pia soffocò l'impulso ad alzarsi e fuggire. In qualche modo, Federico era passato dal "resta e provaci" quando erano all'ospedale a "fatti per stare insieme," nonostante non avessero trascorso un momento da soli dalla nascita di Gianluca. Era un grande passo avanti.

Pia lanciò un'altra occhiata furtiva verso l'ingresso, poi disse: "Per essere un uomo che ha trascorso la vita a interpretare il ruolo del principe circospetto, sai essere diretto quando vuoi."

"Pia."

"Va bene, va bene." Pia si tormentò il labbro e cercò di non pensare al fatto che la sua mano era ancora intrappolata in quella di Federico. "Non è che i bambini mi terrorizzano. Non credo che dovrei ricoprire una posizione di responsabilità nei loro confronti, tutto qui. Non si tratta di Arturo e Paolo. Si tratta di tutti i bambini. Ho commesso dei gravi errori. Chiunque sia la persona con cui tu avrai una relazione, devi poterle affidare i tuoi ragazzi. Io non sono quella persona."

"Vuoi dire una persona premurosa, intelligente e amorevole?"

"Federico, per favore–"

"Ho visto come ti sei presa cura di Jennifer. Hai sottratto del tempo al tuo lavoro per farlo, un lavoro che so che tu ami quanto io amo il mio. E ti ho vista con i miei figli." Federico accentuò la presa della mano sinistra su quella di Pia e le prese il mento con la destra, costringendola a guardare nei suoi penetranti occhi azzurri. "Ti sfido a negare di essere tutte quelle cose. E a negare che una grande parte di te vuole vedere cosa potrebbe avere in serbo il futuro per noi. Resta, ti prego. O vai, se è quello che vuoi davvero. Ma non usare la paura come una scusa."

Le lacrime serrarono la gola di Pia prima di riempirle gli occhi. Le era piaciuto stare vicino a Paolo e Arturo, ma il giorno che avevano trascorso esplorando il giardino l'aveva spaventata. Giocare a carte e guardare film non era come stare nelle loro vite a lungo termine. Non era affrontare graffi e cadute, bulli e cattivi comportamenti. E in cuor suo, Pia sapeva che sarebbe corsa via da quella giornata sotto la pioggia se non fosse stata incoraggiata da Jennifer e se non avesse avuto la stupida idea che trascorre del tempo con Federico le avrebbe fatto capire che la sua attrazione nei confronti dell'uomo era passeggera.

Da quel punto di vista, aveva fallito miseramente.

L'invito di Federico a restare era allettante, anche se lei avesse potuto mettere da parte i suoi impegni lavorativi. Dubitava che qualunque donna sana di mente avrebbe voltato le spalle a un uomo fantastico come Federico diTalora. Ma Pia sapeva che le sue paure erano fondate su esperienze reali. Non erano una scusa immaginaria.

I ragazzi non se lo meritavano. E nemmeno Federico se lo meritava. A lungo andare, meritava di stare con una compagna devota e amorevole. Una persona che fosse a proprio agio con la vita di palazzo come lo era stata Lucrezia, ma che apprezzasse ogni sfaccettatura della personalità complessa e stratificata di Federico. Che lo amasse come lui meritava di essere amato.

Forse Federico pensava di poterla amare. Ma non si rendeva

conto della differenza fra la donna che vedeva e la donna che Pia sapeva di essere. Non vedeva gli errori che lei stava ancora cercando di superare.

Pia si fece forza e si costrinse a incrociare lo sguardo dell'uomo. Per un attimo, vacillò; poi disse: "Non è una scusa. Credimi, Federico: vorrei che fosse così semplice. Andare in Africa è la soluzione giusta per me."

CAPITOLO 11

 Non è semplicemente una questione di responsabilità, o non faresti il lavoro che fai." Lo sguardo dell'uomo era scaltro e attento, ma la sua voce conteneva una nota di preoccupazione. "Non sei in grado di concepire? È per questo che i bambini ti mettono a disagio?"

Pia scosse la testa, interrompendo l'interrogatorio. "No, non è così. Cioè, non lo so. Non sono cose che si scoprono per caso."

Federico le massaggiò il dorso della mano con il pollice e annuì. "So che l'infertilità può avere conseguenze profonde sull'animo delle persone; è per questo che te l'ho chiesto. Se non è così, cosa c'è nei bambini che ti disturba? Nella nursery dell'ospedale, alla nascita di Gianluca, ti ho sentito dire all'infermiera che temevi di romperlo. Non riesco a immaginare una cosa del genere, ma la tua apprensione era palese. Hai un motivo concreto. Vorrei conoscerlo."

L'espressione gentile di Federico mostrava così tanto amore, così tanta ansia, da farle capire che doveva dirglielo. Che doveva sperare che lui avrebbe capito perché lei doveva andarsene, non importava quanto potessero essere forti i sentimenti di Federico nei confronti di Pia – e viceversa.

Pia liberò la mano e si raddrizzò. "Probabilmente, avrai già capito che non vado molto d'accordo con mia madre."

La sorpresa guizzò negli occhi del principe. Non era quello che si era aspettato di sentire. "Me lo sono chiesto, ma non volevo chiedertelo. Eri a disagio a parlare di lei la settimana scorsa, a colazione, il giorno in cui abbiamo portato fuori i bambini sotto la pioggia."

Pia annuii. "Mia madre è una persona fantastica e ora che sono adulta, sto finalmente cominciando ad apprezzarla. Ma quando ero giovane, lei non era molto presente. Non era il genere di genitore che io potessi imitare. Quando avevo sedici anni, non la sopportavo. È stato più o meno alla stessa epoca che ho trovato il mio primo lavoro, come baby-sitter per un vicino. La bambina aveva all'incirca l'età di Arturo."

Come se già sapesse quello che lei stava per dire, Federico si sporse in avanti. "Cos'è successo?"

"Per farla breve, la bambina è caduta all'indietro da un'altalena. L'ho spinta troppo in alto ed è scivolata. Si è rotta un braccio e ha subito dei danni ai reni. Hanno dovuto operarla."

Pia chiuse gli occhi per un momento, desiderando di non immaginare mai più l'espressione sofferente e angosciata della bambina. I momenti in cui avevano aspettato i paramedici erano stati devastanti ed erano parsi prolungarsi per sempre. Quando Pia aprì gli occhi e vide l'espressione preoccupata di Federico, spiegò: "Mi sono sentita malissimo e la cosa non ha fatto che peggiorare quando ho cercato di descrivere quello che era successo al padre della bambina. L'ambulanza è arrivata pochi minuti prima di lui. Non appena hanno caricato sua figlia a bordo, lui si è voltato e mi ha urlato addosso di tutto. Era un tizio enorme, muscoloso e spaventoso, almeno dal mio punto di vista, anche se prima di allora era sempre stato gentile. Quando ho finito di raccontargli tutto, mi ha detto che di me non ci si poteva fidare e che non avrebbe mai dovuto ingaggiare una baby-sitter la cui stessa madre non si prendeva cura di lei. È andato all'ospedale in auto e mi ha lasciata tornare a casa a piedi."

Pia fece una smorfia di fronte all'occhiata nauseata di Federico. "Lo so, lo so. Ora che sono più grande, mi rendo conto che non avrei dovuto ascoltarlo. Era molto stressato, gli incidenti succedono, non diceva sul serio e quant'altro. Ma dentro di me, io gli ho creduto. Avevo spinto sua figlia troppo in alto e l'incidente era successo per colpa mia. Inoltre, sapevo che quello che aveva detto riguardo a mia madre era vero e non è stato l'unico a dirlo."

Federico esalò un lungo respiro. "E ora credi di non poter stare con me perché io ho Arturo e Paolo. Credi davvero che potresti fare loro del male?"

Pia staccò la mano da quella dell'uomo e si premette le dita alla base delle orbite oculari nel tentativo di trattenere le lacrime. Non avrebbe dovuto essere così difficile parlare di ciò che era accaduto tanti anni prima, ma lo era. "Non farei mai loro del male. Non intenzionalmente. Ma ho molti dubbi. La maggior parte delle persone direbbe che i miei dubbi non sono razionali, ma io tengo tantissimo a te, Federico. Forse sono persino innamorata di te." Pia si morse il labbro inferiore, sapendo che era stata un'idiozia pronunciare quelle parole, ma non era riuscita a trattenersi. "Diciamo solo che i miei sentimenti sono abbastanza forti da non mettere a rischio i tuoi figli. Ci sono letteralmente milioni di donne al mondo che si farebbero in quattro per stare con te; donne intelligenti, bellissime, senza i miei problemi. Donne che ti amerebbero e amerebbero i bambini. Tu te lo meriti."

Con suo stupore, Federico rise. Non fu una risata forte, ma la forma rotonda dell'anticamera la fece riecheggiare.

"Pia." Federico le staccò le dita dal viso, poi sorrise e scosse la testa. "Noi abbiamo molto in comune. Dopo l'esperienza con

Lucrezia, ho messo in discussione me stesso, probabilmente in maniera molto simile a come la tua esperienza ti ha spinto a mettere in discussione te stessa. Ero certo di non poter frequentare una persona senza ferirla. Che avrei confuso l'agio con l'amore, o di essere persino incapace di amare. Tu eri certa di non poterti prendere cura dei bambini, di essere incapace di impedire che accadesse loro del male."

"Ci fai sembrare davvero patetici," sospirò Pia. "Come puoi pensare che staremmo bene insieme?"

"Perché stiamo lavorando entrambi per superare i nostri dubbi. Quando ti ho conosciuta…" Federico si premette per un attimo una mano sul petto. "Ho finalmente capito che la persona giusta avrebbe potuto non solo farmi provare emozioni intense, ma fare di me un padre migliore per i miei figli. Tu stai imparando che puoi prenderti cura dei bambini senza che accada qualcosa di terribile."

La risata di Pia era velata di sarcasmo. "Già. In fondo, quello che è accaduto a Paolo non era così terribile."

"Non è stato terribile perché c'eri tu ad aiutarlo. Non è colpa tua se si è strozzato. Sono stato *io* a permettergli di mangiare in auto, per poi non prestare attenzione a quello che faceva."

Pia apprezzava la fiducia che l'uomo riponeva in lei, ma non era sicura che avesse importanza. "I bambini sono imprevedibili," disse. "È impossibile sapere quando potrebbe verificarsi un'emergenza. Sono riuscita a cavarmela nell'auto con Paolo, ma guarda cos'è successo quando è corso nella fontana. Mi sono lasciata prendere dal panico. E quando Arturo è saltato giù da quell'altalena, non ho nemmeno provato ad aiutarlo. Ero spaventatissima; completamente inutile."

I rumori provenienti dall'ingresso del palazzo giunsero nell'anticamera, spingendo Pia e Federico a voltarsi. La voce di re Eduardo risaltava in mezzo al brusio. Pia non riuscì a distinguere le parole, ma sembrava un saluto. Pia si rese conto che

Antony, Jennifer e il re avevano finito con la stampa e che gli invitati avevano iniziato ad arrivare.

"Ascolta," disse, "non abbiamo molto tempo per parlarne. Il fatto è che non so se riuscirò mai a essere abbastanza a mio agio con i bambini da restare, anche se non avessi già un impegno di lavoro. E tu puoi avere di meglio di una bionda incline agli incidenti che si impanica tutte le volte che vede un bambino fare cose da bambino. Ti voglio abbastanza bene da volere il meglio per te e per i tuoi figli. Voglio che tu sia felice."

Le rughe sulla fronte di Federico si accentuarono e lui scosse la testa. "Sei tu quello che è meglio per me e per i bambini. Sei più forte di quanto pensi. Quello che è successo ad Arturo avrebbe dovuto spaventarti. Ha spaventato me ed era su un'*altalena*. Poi, quando Paolo ha fatto quello scherzo nella fontana, tu hai reagito. Lo hai tirato subito fuori dall'acqua. Ho visto tutto: Paolo si è allontanato da te solo per tre o quattro secondi. Non era abbastanza perché potesse capitargli qualcosa. Più tardi, mi hai persino detto che eri sicura che non fosse trascorso tempo sufficiente perché lui potesse farsi del male."

"Ma–"

"Ma quando contava davvero – quando Paolo stava soffocando – tu hai reagito come avrebbe fatto un'operatrice sanitaria. Sei rimasta calma, lo hai tolto dal seggiolone, lo hai messo in una posizione che ti consentiva di lavorare su di lui e gli hai salvato la vita."

Federico spostò lo sguardo alle spalle di Pia, verso il suono delle voci di suo padre e di Antony, i quali si stavano avvicinando.

Pia si staccò dal principe e si alzò, cercando di non barcollare sui tacchi alti che non le erano familiari. "Sono felice che Paolo stia bene e non solo perché mi fa sentire più sicura. Ma Federico, non posso superare una vita di dubbi in un solo giorno. Il mio volo per l'Africa parte questa sera. Io devo prenderlo."

Federico si alzò accanto a lei, poi le accarezzò le guance, costringendola a guardarlo negli occhi mentre parlava. Sussurrando, implorò: "Prenditi il tempo per scoprire le tue capacità. Prenditi il tempo per scoprire quello che c'è fra di noi."

Pia cercò di non respirare, sapendo che anche solo una nota del profumo caldo e pulito di Federico l'avrebbe spinta oltre il limite, anche se per quello rischiavano di bastare le mani e lo sguardo dell'uomo.

"E il mio lavoro? Non posso semplicemente andarmene. La gente conta su di me."

"Parliamone."

Una frazione di secondo prima che gli altri entrasse nell'anticamera, Federico la prese per mano e la condusse sulla scalinata. Pia salì più in fretta di quanto avrebbe ritenuto possibile, considerati i tacchi, ma presto arrivarono in cima e fuori dalla vista della famiglia reale. Oltrepassarono un addetto alla sicurezza, che si limitò a rivolgere un cenno del capo Federico, come se vedere il principe che teneva una donna per mano e correva lungo un corridoio fosse cosa di tutti i giorni. In meno di un minuto, l'uomo raggiunse una porta con un pannello e digitò un codice.

"Questo è il mio appartamento," disse mentre entravano. "Abbiamo almeno mezz'ora prima dell'arrivo di tutti gli ospiti e fra i quindici e i trenta minuti di aperitivo prima che tutti si siedano a pranzare. Purché torniamo entro la fine dell'ora dell'aperitivo, dovrebbe andare tutto bene."

Una volta oltrepassato il vestibolo, Pia osservò l'ambiente. In tutte le settimane trascorse alla Rocca, non era mai entrata nell'appartamento privato di Federico. Finestre dal pavimento al soffitto dominavano un lato della stanza, immergendo l'ambiente nella luce del sole. Un salottino con divanetti dall'aspetto comodo e due poltrone era rivolto verso un grande televisore a schermo piatto. Accanto al televisore, si apriva una porta su quella che sembrava essere una cucina compatta. Dalla parte opposta, una porta dava su un corridoio. Probabilmente, laggiù si trovavano le stanze dei bambini e quelle di Federico.

"È più moderno dell'appartamento di Antony e Jennifer," disse Pia. Quello che omise fu che aveva immaginato che Federico, il Principe Perfetto, vivesse in un ambiente più tradizionale, che mettesse in mostra alcuni dei pezzi d'antiquariato della sua famiglia. Invece, l'arredo era semplice, con pochi orpelli.

"Lucrezia lo ha fatto restaurare dopo la nascita di Arturo, in modo che lui avesse più spazio per giocare e che la televisione fosse più facile da guardare. Avevamo dei tappeti e dei mobili più pregiati, ma abbiamo deciso di riporli in un magazzino fino a quando i ragazzi non sarebbero stati più grandi. Anche le opere d'arte sono state immagazzinate."

"Intelligente."

"Non ero certo che mi sarebbe piaciuto, ma è così. È più rilassante." Federico la condusse a uno dei divani, poi disse: "Per quanto riguarda il tuo lavoro, mi rendo conto che hai preso un impegno e che lo prendi sul serio come io prendo sul serio il mio. Ma parla a Jennifer delle varie possibilità. Lei non trascorre più il suo tempo nei campi aiutando i profughi, ma la sua opera di beneficenza fa una differenza concreta. Ha svolto una transizione, ma senza fretta. Lei ed Antony si sono frequentati a distanza per un po'. Potremmo provarci anche noi."

Pia ricordava bene l'esperienza di Jennifer. Durante quei mesi, Jennifer si era presa del tempo la maggior parte delle sere per dedicarlo a delle brevi telefonate con Antony dal campo. Inoltre, il principe era venuto a trovarla di frequente. La loro relazione si era approfondita nel corso di quel periodo, ma Jennifer non aveva mai abbandonato il suo posto. Aveva rispettato i suoi impegni, mentre al tempo stesso aveva iniziato a prendere in considerazione modi diversi di aiutare gli altri.

Federico proseguì. "La tua esperienza del mondo, il fatto che hai trascorso del tempo in luoghi isolati come una persona nella mia posizione non potrebbe mai fare, fa tutta la differenza nella tua capacità di aumentare la sensibilità nei confronti di una causa. Pensa solo a cosa succederebbe se combinassi la tua esperienza con le risorse che ci sono qui alla Rocca per aiutare gli altri a comprendere la portata dell'epidemia di HIV in Africa."

L'uomo scivolò verso di lei, quindi le passò una mano sul braccio. "Quello che sto cercando di dire è che capirò se vorrai onorare il tuo impegno in Africa. Potremmo costruire una relazione e affrontarla come hanno fatto Jennifer ed Antony, se lo desideri. D'altra parte, una parte egoista di me vorrebbe insistere affinché tu resti. Temo che, se ti lasciassi andare, tu potresti non tornare. Che la distanza ti spingerà a dubitare di te stessa e che userai il lavoro per nasconderti dalle tue paure."

Le parole di Federico toccarono un nervo scoperto, spingendo Pia a ritrarsi un poco.

Aveva usato il lavoro per nascondersi? Aveva ammesso a se stessa anni prima che lo aveva usato per sfuggire a sua madre. Quando si era laureata e sua madre aveva cominciato a lasciarle intendere che sarebbe dovuta tornare a San Rimini per cercare lavoro, lei aveva colto l'occasione per unirsi a un'organizzazione umanitaria. Ciò l'aveva aiutata ad assistere la gente e al tempo stesso a evitare Sabrina.

Ma il lavoro era forse stato una scusa per sfuggire anche alla *vita*? I suoi amici si erano laureati, avevano trovato lavoro e alla fine avevano creato delle famiglie. Per una persona nel suo settore, che poteva essere costantemente reperibile e alla quale potevano essere richiesti trasferimenti con brevi preavvisi, cercare l'amore si era rivelato molto difficile. Il che, a sua volta, aveva ridotto parecchio il rischio di avere dei figli.

Pia si era tenuta così occupata che non aveva mai dovuto affrontare il problema. Né qualcuno lo aveva messo in discussione prima di Federico.

All'improvviso, capì che Federico aveva ragione. Gli incarichi che aveva accettato le avevano impedito di essere direttamente responsabile per dei bambini. Ad Haffali, dove aveva lavorato con Jennifer, lei era stata costantemente in compagnia di bambini, ma c'erano anche personale medico, psicologi e, in molti casi, uno o entrambi i genitori a prendersi carico delle cure e della responsabilità. Pia aveva fatto della risoluzione dei problemi la sua specialità, assicurandosi che i rifornimenti venissero acquisiti e distribuiti, che l'acqua venisse protetta e che le strutture del campo venissero tenute in buone condizioni.

Aveva assunto quei ruoli con passione. Ma si era anche nascosta dietro di essi.

"Come fai a conoscermi meglio di quanto io conosca me stessa?"

Federico continuò a passarle la mano sul braccio, muovendosi con la lentezza e la cura di un antico amante. Ciò che a Pia parve bizzarro era che non sembrava bizzarro. Era confortante. E giusto.

L'uomo si strinse nelle spalle, un sorriso sommesso sul viso. "Abbiamo molte cose in comune. Il tuo lavoro ti soddisfa, ma sotto molti punti di vista, ti ha dato i mezzi per evitare ciò che ti spaventa. Pensare alla tua situazione mi ha spinto a rendermi conto che la mia posizione ha svolto lo stesso ruolo."

Di fronte all'occhiata confusa di Pia, il principe continuò: "All'ospedale, ti ho detto che non ho mai amato Lucrezia. Quando ho chiesto la sua mano, pensavo di averlo fatto per i motivi giusti. Basta dare un'occhiata agli Windsor per capire come mi sono convinto che sposare Lucrezia – un'amica che non mi avrebbe mai messo in imbarazzo e che era disposta a diventare una sposa reale da manuale – fosse la scelta più logica. Sapevo che i miei genitori non avrebbero mai messo in discussione la mia decisione. Lucrezia era intelligente, bellissima, educata, e proveniva da una famiglia famosa per la gentilezza e la beneficenza."

"Ma...?"

"Ci capivamo e lo chiamavamo amore. Non lo era. Era comodità. Ho usato la mia posizione per giustificare la mia decisione, ma in verità, ho sposato Lucrezia per altre ragioni. Volevo evitare di ritrovarmi con il cuore spezzato. Sapevo che, se lei mi avesse sposato, mi sarebbe stata fedele. E non volevo che la mia vita sentimentale diventasse oggetto di speculazioni o scandali. Non credevo che l'amore o il romanticismo valessero la rovina del mio equilibrio mentale e della mia reputazione."

L'uomo scosse la testa e Pia si rese conto che stava faticando a contenere le emozioni. "Ho dovuto perdere Lucrezia – e trovare te – per rendermi conto di quanto gratificante e trasformante possa essere. Di quanto ne valga la pena. Ora che l'ho scoperto, non desidero perdere questa occasione. Non desidero rinunciare a te."

Pia chiuse gli occhi, concedendosi un momento per riflettere. Federico era un pianificatore, ma era anche perspicace. Quello che diceva aveva senso. Le faceva capire che il punto di luce che rappresentava la speranza che loro potessero stare assieme si stava lentamente aprendo, allargandosi.

Diventando possibile.

Assaporò il tocco di Federico per un altro lungo istante, quindi aprì gli occhi. "Sei disposto a sacrificare la tua reputazione per avere una relazione con me?"

"Sì. Ma non credo che sarà necessario farlo."

"Hai detto tu stesso che volevi onorare Lucrezia. Se dessimo inizio a una relazione – anche se prendessimo le cose molto lentamente – sai che apparirà nei media. Sarà proprio come all'ospedale. La gente farà delle supposizioni, le pubblicherà e le spaccerà per fatti."

Pia mise una mano sopra quella di Federico, che stava ancora tracciando un sentiero lungo il suo braccio. Quella era la parte più difficile. "Anche se i media non fossero un problema, io potrei comunque spezzarti il cuore. Non sono perfetta. Commetterò degli errori. E non ci conosciamo da molto tempo. Abbiamo ancora molte cose da scoprire."

"E se dicessi che sono disposto a correre il rischio? E che sono ben lungi dall'essere perfetto, non importa quale soprannome mi diano i media?" Federico sorrise. "Se tu sei disposta a farlo, lo sono anch'io."

Le sfuggì una risata. "A farlo? Sembra che stiamo accettando una sfida."

"Infatti." L'uomo si strinse nelle spalle. "È una sfida che desidero affrontare."

Pia si sporse in avanti e lui le venne incontro a metà strada, catturando la sua bocca in un bacio lento e dolce pieno di promesse. Lei sorrise contro di lui, quindi si staccò quanto bastava per appoggiargli una mano sul petto, per poi fargliela scivolare sulla spalla prima di sollevare lo sguardo a incrociare il suo. Speranza, desiderio e pregustazione erano palesi nell'espressione dell'uomo e fecero sì che il cuore di Pia mancasse un battito.

"Prenderò comunque quell'aereo, questa sera. Per i prossimi mesi, viaggerò molto. Farò sosta in almeno quattro Paesi e resterò in alcuni posti più a lungo che in altri, a seconda delle necessità. Ci saranno dei giorni in cui non avrò telefono o Internet. Ma ti prometto che tornerò a San Rimini. Non so quando quanto spesso, ma tornerò. Se tu sarai disposto ad aspettare."

"Non vado da nessuna parte," disse l'uomo. La nota ruvida nella sua voce per poco non fu la fine di Pia.

"Conoscerò i miei programmi nei prossimi giorni e potrò organizzarmi per parlare con te. Mi piacerebbe anche parlare con i ragazzi, sempre che per te non sia un problema."

Federico annuì, quindi chiuse gli occhi. Portò le mani alla vita di Pia. La sua presa era ferma. Aveva finito di parlare.

E anche lei.

Questa volta, quando le loro bocche si incontrarono, la dolcezza cedette rapidamente il passo al calore. Le mani dell'uomo le scivolarono fino alla vita, poi al bacino. Quando Pia gli strattonò la giacca, lui la lanciò sulla sedia vicina, quindi il suo tocco tornò in un istante e le sue mani le incorniciarono la gabbia toracica prima di salire più in alto. Esalò il fiato quando le sue nocche le sfiorarono i seni attraverso il vestito.

Pia voleva stringerlo il più vicino possibile a sé. Arrampicarsi su quel grembo, passare le braccia attorno alle sue ampie spalle e restare lì nel suo appartamento fino a quando non si sarebbero addormentati.

I pensieri di Federico dovevano aver preso la stessa strada, perché le mormorò vicino all'orecchio: "Abbiamo trentacinque minuti al massimo."

La reazione di Pia fu di voltare la bocca verso quella di Federico e intensificare il bacio. Un suono di soddisfazione giunse da Federico, che accentuò la presa su di lei. Le mani dell'uomo si mossero più in alto, una che le circondava il seno mentre l'altra le si muoveva sul fianco. Ogni tocco, ogni respiro, ogni momento la rendeva sempre più certa di aver preso la decisione giusta.

Poteva amare quell'uomo. Poteva amare quella vita. Valeva la pena affrontare i demoni per lui.

La mano di Federico si immobilizzò quando il suo pollice trovò la lampo della cerniera laterale nascosta dell'abito di Pia.

Lei ruppe il bacio e disse: "Sì."

Prima che potesse baciarlo di nuovo, Federico si ritrasse. "Se comincio, non voglio fermarmi fino al momento in cui dovremo tornare al ricevimento."

"Nemmeno io voglio fermarmi." Pia aggiunse: "E hai detto 'se comincio.'"

"Si vede che mi sento a mio agio con te."

Lei gli passò le mani fra i capelli. "Allora vai avanti."

Invece di abbassarle la cerniera, Federico la sollevò, la prese per mano e la portò nella sua camera. Prima che lei potesse esaminare l'ambiente, il principe premette un pulsante vicino alla porta che fece cadere una serie di persiane. Non oscurarono la stanza, ma lasciarono penetrare luce filtrata. Federico usò il piede per chiudere la porta della camera mentre si protendeva verso di lei.

"Potremmo non avere molto tempo, ma possiamo avere di meglio del divano del mio salotto."

Nonostante l'ammonizione riguardo al tempo, Federico abbassò lentamente la cerniera, per poi aiutarla a uscire dal vestito. Prese l'indumento mentre cadeva e lo appese a una sedia. "Possiamo stare bene anche senza tornare con i vestiti spiegazzati."

Pia seguì il suo esempio, svestendolo con cura, permettendogli di posare ogni indumento accanto al vestito. Nel frattempo, lui le baciò le tempie, le guance, le spalle. Una volta rimasto vestito del solo intimo, la accompagnò al letto.

L'emozione sul volto di Federico sciolse il cuore di Pia. In quel momento, lei capì che l'uomo aveva davvero creduto che non avrebbe mai più avuto una donna nel suo letto e che per lui quella era un'esperienza mistica.

Gli accarezzò il petto con una mano, avvertendo la consistenza dei sottili peli scuri che coprivano strati di muscoli. Non le ci volle molto per trovare le pulsazioni del cuore. "Vorrei che avessimo più tempo."

"Purché ci sia una prossima volta, avremo più tempo."

"Ci sarà una prossima volta." Era una promessa solenne. Le braccia di Federico la circondarono e, nel suo bacio, lei sentì che anche lui le stava facendo una promessa.

Caddero sul letto, le bocche e le membra intrecciate. La pressione del corpo di Federico contro il suo era paradisiaca. Qualunque sogno lei potesse aver avuto di fare l'amore con Federico impallidiva rispetto a come era avere l'uomo che accarezzava e baciava ogni punto immaginabile del suo corpo.

Quando lui le prese un capezzolo in bocca, lei reagì sospirando. Era già calda e bagnata e pronta per lui, ma Federico continuò a esplorare e stimolare, portandola a pochi istanti dall'orgasmo, per poi alleviare la stimolazione prima di farla impazzire ancora una volta in un ciclo squisito. Finalmente, l'uomo si allungò verso il comodino. Poi, con una smorfia, ritrasse la mano e chiuse gli occhi.

"Non ho nulla… Nulla per–"

Lei gli stampò un bacio sulla fronte. "Prendo la pillola e sono in perfetta salute. Devo sottopormi a esami regolari per lavoro. Mi testano per tutto ciò che esiste, considerati i luoghi che visito."

"Sei sicura?"

"Se lo sei tu. Mi fido."

"Ti amo, Pia Renati. Non lo avrei creduto quando ti ho vista in aeroporto e con quel libro in mano…"

"Oh, non ricordarmelo."

"Ma sei esattamente la persona che voglio e di cui ho bisogno nella mia vita."

Mentre lei lo baciava, una singola lacrima calda le scorse lungo la guancia. Sapeva che Federico diTalora sarebbe stata la miglior decisione che lei avesse mai preso. Ciascuno di loro aveva trascorso anni a evitare l'amore, a evitare il rischio di soffrire. Ma quegli anni trascorsi a evitare significavano che, messi di fronte a qualcosa di concreto, loro erano in grado di riconoscerlo.

Quando, finalmente, lui la penetrò, le si mozzò il fiato. La mano di Federico si protese verso la sua, congiungendo le loro dita. Pia esalò il fiato, quindi entrambi cominciarono a muoversi. Quando l'uomo tremò sopra di lei, lei si sollevò e gli baciò la gola pulsante. Qualche istante dopo, esplose, il corpo che tremolava e il cuore che martellava. Poi le braccia di Federico la circondarono.

Pia era nel posto giusto. Con l'uomo giusto. Un uomo perfettamente imperfetto.

———

PIA E FEDERICO entrarono furtivamente nell'anticamera. Gli invitati circondavano il re, Antony e Jennifer, e il bambino, cercando l'occasione di vedere il principe Gianluca e di farsi vedere con i diTalora. Nick e Isabella stavano parlando con un gruppo di invitati provenienti dalla vicina università, dove Nick insegnava, mentre Amanda chiacchierava con Helena Masciaretti, sorella della defunta regina. Marco era impegnato in una conversazione con un gruppo di amici di Antony, che comprendeva il cugino di Pia, Angelo. Solo i pochi che sostavano vicino al corridoio laterale dal quale giunsero loro notarono il loro arrivo tardivo.

"Avrei dovuto immaginare che Angelo sarebbe stato presente," disse Pia. "Sai cosa penserà."

"Ha importanza?"

"No." Pia gli rivolse un sorriso discreto. "Se dovesse dire qualcosa, gli farò notare che ho i vestiti in ordine."

La bocca di Federico si contrasse in un sorriso malizioso. Avevano dovuto sistemarsi velocemente, ma un'occhiata nello specchio prima di lasciare l'appartamento di Federico aveva rassicurato Pia che nessuno avrebbe immaginato quello che era successo.

Una donna con una macchina fotografica dall'aria costosa faceva dentro e fuori fra gli invitati, immortalando con discrezione l'evento. La maggior parte delle immagini sarebbe rimasta nella collezione privata di famiglia, ma Pia sapeva che l'ufficio relazioni con il pubblico del palazzo ne avrebbe condivise diverse con la stampa e che queste sarebbero apparse nelle notizie della sera o sui giornali dell'indomani. Dopo aver scattato diverse foto dei VIP presenti, la fotografa si fermò accanto a Jennifer. Quando Jennifer smise di parlare con l'uomo che aveva accanto, la fotografa si sporse e le disse qualcosa nell'orecchio. Jennifer annuì, poi si voltò e si incamminò verso Pia e Federico. Aveva Gianluca fra le braccia. Non fece commenti riguardo al fatto che si erano persi buona parte dell'aperitivo, ma Pia capì, dalla luce che lampeggiò per un attimo negli occhi di Jennifer, che la sua amica moriva dalla voglia di chiederglielo.

Invece, Jennifer sorrise e disse: "Non siamo riusciti a farvi fotografare con Gianluca al Duomo. Vi dispiace? La luce, qui, è migliore che nella Sala da Ballo Imperiale."

Pia sorrise al principe e, sentendosi come una tuffatrice pronta a spiccare un balzo in acque sconosciute, annuì.

Jennifer spostò Gianluca dalle sue braccia a quelle di Federico. "Vorrei delle foto di ciascuno di voi che lo tiene in braccio, se non è un problema."

Federico guardò Pia, ma disse a Jennifer: "Credo che potremmo lasciarci convincere."

La fotografa chiese loro di spostarsi vicino alla scalinata. Posarono per diverse foto con Federico che teneva il bambino prima che fosse il turno di Pia. Il principe si voltò verso di lei. "Pronta?"

"Purché lo sia tu."

"Non vado da nessuna parte." Il volto di Federico si allargò in un ampio sorriso un attimo prima che le passasse il bambino e la baciasse sulla guancia.

Pia avrebbe dovuto rimanere sconvolta, ma per qualche motivo, non lo fu. Sorrise, poi, con immensa cautela, prese il fagottino fra le braccia. Il piccolo Luc era caldo e profumava di amore e la guardò con i suoi confusi occhi azzurri.

"Tutto a posto?" chiese Federico. Pia capì che parlava del bambino e non del bacio.

"Sì." Mentre si voltava verso la macchina fotografica, Pia aggiunse: "È meraviglioso."

"Non credo che continueranno a chiamarmi 'Principe

Perfetto,'" bisbigliò Federico, le sue parole a malapena udibili al di sopra della conversazione circostante mentre la fotografa si spostava per scattare foto da una nuova angolazione. "Sto facendo scalpore."

"Non importa," bisbigliò lei. "Sei il *mio* Principe Perfetto. E ho intenzione di ricordartelo tutti i giorni."

EPILOGO

"Continuo a non conoscere la differenza fra *placenta previa* e *placenta accreta*," disse Pia a Federico, badando a tenere la voce bassa per evitare che Arturo e Paolo la sentissero mentre stava in piedi alle loro spalle al tavolo della sala da pranzo e aiutava Arturo con un progetto per scuola.

"Non credo che avrà importanza." Federico le sfiorò la schiena con la mano, quindi si sporse a sfiorarle la testa con un bacio. "E in caso contrario, impareremo assieme."

"Mamma, mi hai detto che non è cortese bisbigliare," disse Paolo, accigliandosi.

"Hai ragione. Sto dando il cattivo esempio." Pia ammiccò a Paolo, che ora le ricordava tanto Arturo alla stessa età, quando aveva conosciuto i bambini e loro l'avevano colpita con il boomerang. Paolo era cresciuto, diventando un ragazzo sicuro di sé e brillante, che amava gli amici, la scuola e il suo nuovo cane.

Pia non avrebbe potuto essere più felice che entrambi i

ragazzi avessero cominciato a chiamarla mamma. Lei e Federico avevano preso le cose con calma, frequentandosi prima a distanza. Gradualmente, lei aveva cominciato a trascorrere sempre più tempo con i bambini, mostrando loro il genere di lavoro che faceva per la prevenzione e l'educazione sull'Hiv.

Si erano sposati quasi due anni dopo il battesimo di Gianluca. Era stata una cerimonia intima nella cappella privata del palazzo, con la partecipazione dei parenti prossimi, proprio il genere di matrimonio che Pia voleva. E andava bene anche a Federico e ai bambini.

Sperava che Lucrezia avrebbe approvato. Sebbene avesse conosciuto solo brevemente la prima moglie di Federico durante il matrimonio di Jennifer ed Antony, si sentiva fortemente in debito con lei. Prima della cerimonia, Pia era entrata nella cappella da sola, aveva sollevato il volto e aveva promesso a Lucrezia che avrebbe sempre protetto i suoi figli.

"Tua madre sta dando un ottimo esempio," disse Federico mentre accettava il foglio che gli porse Arturo perché lo controllasse. "I bambini del rifugio in Zimbabwe saranno felicissimi di ricevere una lettera da te e dai tuoi compagni di classe."

"E i miei disegni," aggiunse Paolo, mostrando un acquerello che probabilmente doveva rappresentare lui stesso. "Potremo tornare presto a trovarli?"

Pia e Federico incrociarono lo sguardo e si scambiarono un sorriso complice.

"La mamma potrebbe non poter tornare nello Zimbabwe per un po', Paolo," gli disse Federico. "Sta lavorando a un progetto importante qui."

"Che tipo di progetto?" Arturo si raddrizzò sulla sedia e posò la matita. "È per i bambini?"

Pia sorrise mentre le tornava in mente il dono che Federico le aveva fatto la sera prima: un libro sulla gravidanza giallo e dalla copertina floreale, assieme a una copia nuova di zecca della terza edizione della *Guida per mamme scialle al primo anno del bambino*. Disse ad Arturo: "Sì, riguarda i bambini, ma–"

"È solo agli inizi," concluse Federico. "Vi racconteremo più tardi del progetto della mamma, d'accordo? Per il momento, è il caso di mettere un po' in ordine. La vostra nuova bambinaia arriverà a momenti per portarvi al cinema."

"Hai *finalmente* trovato una bambinaia, papà?" chiese Paolo. "La mamma diceva che non pensava che ne avresti mai trovata una."

"È vero," ammise Pia. "Ma conosco una donna meravigliosa che di recente è andata in pensione e che mi ha detto che per tutta la vita non avrebbe desiderato altro che prendersi cura dei bambini. Ora ne ha la possibilità."

Arturo si illuminò in viso. "È la nonna Sabrina, vero?"

Pia gesticolò verso il tavolo. "Sbrigatevi a sistemare o non lo saprete mai."

"È lei!" Entrambi i bambini esultarono e lasciarono libere le sedie. Mentre i piccoli si affrettavano a sistemare il disordine, Federico si sporse verso Pia e bisbigliò: "Quando se ne saranno andati, festeggeremo in privato."

"Dobbiamo partecipare alla raccolta fondi di Nick e Isabella per la mostra di arte medievale del museo. È fra un'ora."

"Allora arriveremo in ritardo."

"Non puoi mettermi… Insomma… Sono già…"

"Ma sarebbe divertente provarci."

Pia inarcò un sopracciglio, quindi si avvicinò al tavolo per aiutare i ragazzi a riporre i loro progetti. "Se insistete, Vostra Altezza."

"Oh, insisto," le assicurò lui, allungandosi a prenderle la mano e passare le dita sulla fede nuziale d'oro. "E farò in modo che tu arrivi con i vestiti stirati."

Pia rise. Quell'uomo era perfetto.

NOTE

CAPITOLO 1

1. Questa e altre espressioni in corsivo sono in italiano nell'originale (ndt).

IL PROSSIMO EPISODIO

Grazie per aver letto *Innamorarsi del principe Federico*. Il prossimo episodio della serie "Scandali Reali: San Rimini" è già in vendita. Continuate a leggere per un'anteprima.

BACIARE UN RE

"Buongiorno, Vostra Altezza. Com'è andata la sessione con Greta, questa mattina?"

Re Eduardo diTalora lanciò un'occhiata di sbieco alla sua assistente personale di lungo corso, Luisa Borelli, quando quest'ultima gli si affiancò. Elegante come sempre, Luisa indossava una gonna marrone chiaro e una giacca di sartoria, e ai piedi calzava scarpe con tacchi bassi. I suoi capelli neri erano raccolti in uno chignon impeccabile sulla nuca e piccolissimi orecchini d'oro le punteggiavano i lobi delle orecchie.

Luisa era molto abile nel suo lavoro. Guardandola, nessuno avrebbe mai potuto dire che era anche il diavolo incarnato.

Eduardo scosse la testa, quindi guardò di fronte a sé, rivolgendo un sorriso ai vari membri del personale che attendevano nel corridoio, in attesa che lui raggiungesse il suo ufficio. A Luisa, disse: "Non sarebbe lunedì mattina se Greta non avesse trascorso il fine settimana a progettare nuovi metodi per torturarmi."

"Precisamente, quale parte della sessione avete trovato tormentosa, Vostra Altezza? Il salto sulla scatola?"

"No, perché Greta ha deciso di modificare quell'esercizio: ho dovuto entrare nella scatola…"

"Oh, ottimo–"

"Tenendo fra le mani una palla medica da quindici chili."

"Oh."

"Poi ha aggiunto una serie di esercizi con la tavola. A quanto pare, la corsa sarebbe insufficiente a irrobustire il fisico. Ho cercato di convincerla, ma lei non ha voluto ascoltare la mia saggezza."

"È un tipo cocciuto. Ma oserei dire che, quando si tratta di salute e forma fisica, Greta ha solitamente ragione."

"Così come la cugina che me l'ha raccomandata e che non mi ha dato pace prima che la ingaggiassi."

Eduardo inarcò un sopracciglio all'indirizzo di Luisa, ma attenuò l'espressione con un sorriso, che lei ricambiò.

Eduardo augurò il buongiorno a uno degli addetti alla sicurezza mentre lui e Luisa svoltavano l'ultimo angolo prima del suo ufficio, poi la donna disse: "È mio dovere assicurarmi che voi serviate il Paese al meglio delle vostre capacità. Mantenere un alto livello di forma fisica è fondamentale a tale scopo. Se vi farà sentire meglio, per domani ho programmato una corsa alle sei di mattina. Il tempo dovrebbe essere ideale: mite e limpido, con poco vento."

La maggior parte delle persone avrebbe considerato una corsa all'alba una tortura, ma per Eduardo, una scampagnata al sorgere del sole lungo la costiera di San Rimini o fra le colline che sovrastavano il palazzo era qualcosa di paradisiaco. Poteva respirare aria fresca, ascoltare musica e permettere alla sua mente di vagare. Per quella singola ora, non aveva responsabilità se non se stesso e non c'era nessuna Greta al suo fianco a insistere che poteva sforzarsi di più o eseguire un'ultima ripetizione.

Se Eduardo poteva fare quelle cose, le faceva senza che qualcuno glielo ricordasse.

Eduardo salutò un corriere in attesa vicino alla scrivania di Luisa, poi lanciò un'occhiata alla sua assistente. "Sarei grato se ci fossero dei waffle nella sala da pranzo dopo quella corsa. Samuel ha servito della farinata, oggi. Buonissima, ma comunque farinata."

"Vedrò quello che posso fare, anche se Samuel aveva menzionato di avere in programma quinoa al forno con frutti di bosco."

"Farò finta di non aver sentito."

"Forse potreste far finta che si tratti di waffle?"

"Farò finta di non aver sentito nemmeno quello. Farò finta che lei abbia detto: 'Sì, Vostra Altezza. Ordinerò gli waffle e farò in modo che Samuel li serva con abbondante sciroppo. E magari con un po' di quella frutta a parte.'"

Luisa sollevò un dito a indicare al corriere di aspettarla, poi lei ed Eduardo entrarono nell'ufficio formale del re. Il principale consigliere politico di Eduardo, Sergio Ribisi, era seduto su un divano accanto all'addetto stampa di Eduardo, un giovanotto nerboruto di nome Zeno Amendola, che sembrava più adatto a guidare una squadra di rugby che una sala stampa. I due erano ingobbiti di fronte a un tablet, intenti a consultare quelli che Eduardo immaginava fossero gli appunti per la riunione mattutina. Di fronte ai due era seduta Margaret Halaby, la sua responsabile degli Enti Benefici e Patrocini. Margaret aveva le mani in grembo e una penna fra le dita. Un taccuino era posato sul divano accanto a lei, la prima pagina piena di scritture indecifrabili, elenchi puntati e frecce. La donna aveva lo sguardo fisso alle spalle dei due uomini, persa nei suoi pensieri.

Luisa emise un piccolo rumore per attirare la loro attenzione. Tutti e tre si alzarono all'unisono e augurarono il buongiorno a Eduardo. Lui indicò loro di accomodarsi, poi chiese a Luisa di avvisarlo cinque minuti prima di doversi allontanare per il primo impegno della giornata.

"Com'è andata la sessione con Greta?" chiese Zeno una volta che Luisa si fu chiusa la porta alle spalle.

Eduardo trafisse Zeno con un'occhiata nefasta. L'uomo ebbe la faccia tosta di sorridere in risposta.

"L'ho vista trasportare una palla medica per il garage," disse Margaret. Si rivolse a Zeno. "Hai mai fatto gli squat con una di quelle? Si può anche lanciare. È ottima per allenarsi."

"Le palle mediche sono attrezzi eccezionali." Zeno spalancò gli occhi fingendo entusiasmo. "Mi piace fare gli affondi tenendone una sollevata sopra la testa. Senti tutti i muscoli che bruciano."

"Questo è un complotto," disse Eduardo ai tre. "Posso battere in velocità chiunque lavori in questo edificio, tranne il personale addetto alla sicurezza – e forse persino qualcuno di loro – ma voi tutti insistete che io veda Greta tre volte alla settimana."

"È rassicurante per i cittadini di San Rimini sapere che vi prendete cura della vostra salute e che il vostro cuore è forte anche dopo l'operazione," disse Sergio. "E poi, a voi piace Greta."

"Non quando mi dice di mantenere la posizione sul fianco, su un braccio solo, per trenta secondi in più. L'ho informata che a San Rimini sono in vigore leggi severe a tutela della persona del monarca."

"Immagino che lei vi abbia ricordato che avete firmato una liberatoria," ribatté Zeno.

Eduardo lanciò un'occhiata al suo addetto stampa. "Lei ha ribadito che non stava recando danno alla mia persona. *Poi* mi ha ricordato che, in ogni caso, avevo firmato una liberatoria."

Eduardo prese posto alla sua scrivania, poi ringraziò Luisa quando questa rientrò nella stanza con una tazza di caffè fumante e la appoggiò su un sottobicchiere vicino alla sua mano. Quando la donna si fu allontanata nuovamente, il re guardò Sergio. L'arrivo della prima tazza di caffè di Eduardo segnalava l'inizio ufficiale della sua giornata di lavoro. "Affrontiamo prima i punti più complessi. Nel fine settimana ha ricevuto una lettera dalla Società Storica per il Distretto Centrale?"

"Sì, Vostra Altezza. Sono preoccupati per il vostro desiderio di riqualificare la Strada il Teatro."

"Me lo aspettavo, ma speravo che avrebbero atteso l'incontro di domani."

"Vogliono assicurarsi di essere ascoltati."

Eduardo resistette all'impulso di fare una smorfia. Tutti volevano essere ascoltati, soprattutto quando si trattava di apportare modifiche al viale più famoso del Paese. La Strada il Teatro si affacciava sulla costa adriatica del Paese e offriva una visuale stupefacente del porto di San Rimini. Ospitava diversi casinò, ristoranti, edifici storici e il Teatro Reale, da cui prendeva il nome. Era il simbolo più riconoscibile del Paese, con l'eccezione del Duomo e del palazzo stesso. Tuttavia, gli ultimi cambiamenti importanti apportati alla Strada – pavimentazione a parte – si erano verificati molto prima che le automobili diventassero di uso comune. Spesso, il traffico scorreva a passo d'uomo e i marciapiedi erano stracolmi di turisti a tutte le ore. Nonostante la palese necessità di rinnovamenti, i sanriminesi erano molto affezionati all'aspetto della via. Era quello il motivo per cui Sergio aveva organizzato un incontro per il giorno dopo, al fine di presentare la proposta del re a coloro che ne sarebbero stati influenzati in maniera più diretta. Aveva invitato rappresentanti della Società Storica per il Distretto Centrale, dell'associazione dei proprietari di casinò, del Consiglio Economico di San Rimini e del comitato organizzativo del Gran Premio di San Rimini, oltre al ministro dei trasporti. Sergio aveva coinvolto persino gli incaricati del mantenimento del parco pubblico che si trovava sotto una sezione della Strada. Una volta che Sergio avesse raccolto gli input di tutti, Eduardo aveva intenzione di presentare al Parlamento un piano comprensivo di modernizzazione.

In quanto re di San Rimini, Eduardo godeva di poteri

maggiori rispetto ai monarchi di Paesi come il Giappone o la Svezia. Non aveva diritto di voto in Parlamento, ma poteva presentare proposte di legge ed esprimere il proprio parere riguardo a qualunque argomento fosse in discussione. Nei secoli trascorsi da quando San Rimini era passato da una monarchia assoluta a una monarchia costituzionale, re e regine avevano esercitato il loro potere principalmente per migliorare i rapporti con le altre nazioni o per promuovere cause di beneficenza e umanitarie. Si tenevano ben lontani dalle minuzie della politica e dalle questioni finanziarie.

Quella legge avrebbe provocato molte esitazioni. Tuttavia, Eduardo si rifiutava di affidare la modernizzazione ai suoi successori o a parlamentari che temevano che toccare la Strada il Teatro avrebbe significato perdere i loro seggi. Era responsabilità di Eduardo promuovere il cambiamento a San Rimini.

Eduardo guardò Sergio. "Informi la direzione della Società Storica che il palazzo ha pienamente intenzione di apportare questi miglioramenti – badi a usare proprio questa parola – alla Strada il Teatro, in quanto essi sono il miglior interesse della nazione e di tutti coloro che hanno a cuore il distretto centrale. Ascolteremo il loro parere domani, cioè il giorno per cui abbiamo organizzato l'incontro."

Sergio annuì e prese appunti. Mentre Sergio scriveva, Zeno disse: "Vostra Altezza, è probabile che presenteranno il loro caso alla stampa. Osserveranno che non è consuetudine che il monarca si interessi a questioni del genere."

Eduardo allargò le mani sulla scrivania. "Mi risulta che, in base a un sondaggio pubblicato la settimana scorsa, la famiglia reale goda dell'opinione favorevole di quasi l'ottanta per cento della popolazione."

"Il settantasette, per essere precisi."

"Del settantasette per cento. Sapete quanti parlamentari vorrebbero godere di una simile approvazione? Abbiamo l'opportunità di sfruttare quella percentuale per il bene a lungo termine della nazione. La Strada è rimasta fondamentalmente identica a se stessa per centinaia di anni. Il fatto che è stata costruita con un occhio alle parate significa che è più ampia di altre strade della sua epoca, ma comunque inadatta a un utilizzo moderno o all'influsso di turisti nel nostro Paese. Gli spettatori del Gran Premio di San Rimini si ritrovano spesso schiacciati contro le transenne, il che crea problemi di sicurezza. La strada dovrà cambiare, oppure dovremo limitare le dimensioni delle folle. È una scelta che nessuno vuole fare."

"Ognuno ha il suo feudo," osservò Sergio. "I proprietari dei casinò e dei negozi non vogliono che gli ingressi delle loro attività vengano bloccati in attesa del completamento dei lavori. La Società Storica non vuole che l'aspetto della strada venga modificato. E sebbene gli organizzatori del Gran Premio vogliano un percorso più sicuro e una crescita continua, non vogliono correre il rischio che la gara venga sospesa per un anno o più per via dei lavori."

"Sono d'accordo," disse Eduardo. "Approfitti dell'occasione di domani per mostrare loro il nostro piano di sviluppo e faccia appello ai nostri storici ed esperti di trasporti per convincerli che la nostra proposta è sensata. Abbiamo dedicato mesi di ricerca a questo progetto e siamo disposti a condividere tutte le nostre scoperte e ad ascoltare il loro contributo mentre procederemo con i lavori. Il cambiamento è difficile, ma i nostri cittadini hanno bisogno che la Strada funzioni a lungo termine. Se non riusciremo a far passare questa proposta in Parlamento con una percentuale di approvazione del settantasette per cento, non ci riusciremo mai. Ora, quali altre questioni dobbiamo affrontare?"

Zeno passò in rassegna i punti che avrebbe coperto all'incontro settimanale con la stampa, riguardanti principalmente i figli adulti del re. Il principe Antony aveva visitato uno stabilimento di riabilitazione per persone dipendenti da oppiacei nel corso del fine settimana, mentre la principessa Isabella e suo marito, Nick, avevano in programma di visitare tre scuole lungo il confine settentrionale del Paese, per parlare agli studenti della storia medievale sanriminese. Nick, docente di storia medievale presso l'Università di San Rimini, aveva organizzato una serie di incontri con le scuole nelle ultime settimane per stimolare l'interesse dei bambini nell'argomento.

Una volta che Zeno ebbe concluso, Sergio disse: "Domani sera presenzierete a una cena durante la quale la nuova ambasciatrice americana presenterà le sue credenziali. È arrivata ieri."

"Claire Peyton," disse Eduardo, appoggiandosi allo schienale della sedia. "Ho letto il fascicolo ieri sera. In precedenza, era l'ambasciatrice degli Stati Uniti in Uganda, giusto?"

"Sì. Pensavamo che avrebbe mantenuto tale incarico sotto il nuovo presidente, ma è stata riassegnata a San Rimini quando l'ambasciatore Cartwright ha annunciato il suo pensionamento." Sergio fece una pausa. "Non è un segreto che Rich Cartwright abbia trascorso l'ultimo paio d'anni senza smuovere le acque. Ci sarà un cambiamento notevole. Considerato che in molti, al Dipartimento di Stato statunitense, la considerano una promozione, l'ambasciatrice vorrà dimostrare il proprio valore."

"Ho letto del programma scolastico rurale che ha contribuito a istituire in Uganda. Sembrava interessante."

"Sì, Vostra Altezza. Probabilmente, l'ambasciatrice chiederà un incontro, nelle prossime settimane, per presentarvi il programma e chiedere il sostegno di San Rimini. Il presidente americano ha vinto le elezioni con una campagna fortemente incentrata sull'istruzione, per cui essa è prioritaria per la sua amministrazione. Tuttavia, a conti fatti, San Rimini non potrà contribuire. Il Parlamento potrebbe anche approvare un contributo finanziario, ma inviare insegnanti o consulenti sarebbe molto meno probabile, considerati i problemi di sicurezza attuali. E persino ottenere i fondi sarà difficile, dato che stiamo anche cercando di far passare il progetto per la Strada."

Eduardo non ebbe bisogno di tempo per valutare le priorità. Non c'era gara. "Mi pare di aver capito che il Parlamento discuterà dei finanziamenti del Distretto Centrale fra tre mesi. Voglio che la nostra proposta sia al centro del dibattimento. Da ora fino ad allora, sarà su quello che ci concentreremo."

Eduardo bevve un sorso di caffè, poi chiese a Margaret: "A che punto siamo con il programma Casa Nostra?"

"I festeggiamenti dei cinque anni di anniversario si svolgeranno venerdì alla scuola elementare in via Fontana. In quanto padrino, terrete un breve discorso incentrato sulla necessità di interventi tempestivi di sostegno alla salute mentale nelle scuole e sottolineerete il modo in cui Casa Nostra individua e assiste i bambini senza stigmatizzarli. Ho delle statistiche sulla necessità continuativa del programma e sul suo successo. Dovrei avere una bozza di discorso pronta per giovedì; potrete adattarla in base al vostro gradimento."

"Grazie. È una visita che sono ansioso di fare. C'è dell'altro?"

Margaret passò in rassegna gli aggiornamenti riguardanti altre due organizzazioni di beneficenza sostenute dal re, per poi fare rapporto sul riscontro di un evento a cui Eduardo aveva partecipato per un rifugio per animali.

Nel momento in cui Margaret concluse il suo aggiornamento, Luisa entrò nella stanza. "L'autista vi aspetta, Vostra Altezza. La vostra visita al centro di cure per la demenza comincerà fra venti minuti."

Eduardo ringraziò Luisa e si alzò. Sergio, Zeno e Margaret si alzarono a loro volta. "Abbiamo finito?"

"Un'ultima cosa, Vostra Altezza," disse Zeno. "All'incontro con la stampa di oggi ci saranno delle domande riguardanti la vostra visita al Duomo di questo giovedì pomeriggio. Avete deciso se volete tenere un discorso?"

Eduardo sentì l'angolo della sua bocca che guizzava, segno

inconfondibile per i suoi collaboratori che l'argomento lo metteva a disagio. Era un tic che di solito lui era in grado di controllare, ma la domanda lo aveva colto alla sprovvista. In qualche modo, fra l'allenamento mattutino e i pensieri riguardanti la Strada, aveva dimenticato la visita annuale al luogo di sepoltura di sua moglie.

"L'anno prossimo sarà il decimo anniversario della morte della regina Aletta. Considerata l'attenzione che attirerà quell'occasione, quest'anno preferirei evitare i discorsi e mantenere la visita discreta."

Prima che Zeno potesse obiettare, Eduardo si rivolse a Luisa e chiese: "Ho del tempo libero da trascorrere con Arturo e Paolo oggi pomeriggio, quando torneranno a casa dalla scuola?"

I ragazzi, figli del principe Federico e della sua defunta moglie Lucrezia, erano sempre contenti quando Eduardo veniva a trovarli nel loro appartamento a palazzo. Eduardo non voleva chiedersi se i loro sorrisi fossero dovuti alla sua sfavillante personalità o ai dolci che spesso portava dalla cucina.

"Oggi no," disse Luisa. "Hanno una gita scolastica all'acquario e non torneranno prima di sera."

"Capisco. E del tempo per vedere Gianluca?" chiese Eduardo. Il figlio neonato del principe Antony e di sua moglie Jennifer era il suo ultimo nipote. "Qualcuno sa quando dorme il bambino?"

Nella stanza si levò un coro di *No* e di *Mai*.

"Beh, in tal caso, la prego di informare Jennifer che, se dovesse esserci un momento buono, sarei felicissimo di andarlo a trovare. Se Gianluca dovesse dormire, mi limiterò a guardarlo."

"Avete quindici minuti liberi attorno alle tre e mezza, Vostra Altezza. Informerò Jennifer della vostra disponibilità."

Eduardo rivolse un cenno del capo a Luisa, ringraziò Margaret per il lavoro che stava svolgendo sul suo discorso, poi si rivolse a Sergio e Zeno. "Sapete cosa fare per quanto riguarda la Strada. Abbiamo novanta giorni. Miglioriamo il Paese."

"Stiamo per conoscere un'icona."

Claire Peyton spostò lo sguardo oltre la sua assistente personale, Karen Hutchinson, per osservare la scena fuori dal finestrino dell'auto. "O suo marito. La seconda ipotesi è più probabile."

Il loro aereo era atterrato due giorni prima, ma Claire non si era ancora abituata del tutto al fatto che ora viveva nella minuscola e ricca nazione sudeuropea di San Rimini e non più nell'eclettico quartiere di Kololo a Kampala.

Claire riportò l'attenzione sulla strada, prendendo nota del tragitto che il conducente seguì dall'ambasciata al palazzo, ma non prima di gesticolare verso gli striscioni di fronte a un museo che proclamavano il ritorno di *Aletta: La mostra* dopo diversi anni di tour. I blu e i viola del sole al tramonto si riflettevano sulle finestre del palazzo, conferendogli una qualità evanescente.

Il che sembrava appropriato, considerato il tema della mostra: una collezione di vestiti, gioielli e altri articoli appartenuti alla defunta regina di San Rimini.

"Non ne sono sicura," rispose Karen. "Quanti di questi turisti, secondo lei, spediranno a casa dei souvenir con le immagini della regina Aletta piuttosto che del re o dei suoi figli? Re Eduardo ha un magnetismo difficile da ignorare."

"Io sceglierei qualunque cosa mostri il paesaggio. È fenomenale."

Karen emise un verso di assenso, poi cadde in silenzio e osservò il panorama.

La luccicante striscia di casinò e ristoranti che si affacciavano sulla Strada il Teatro, il lungo viale che correva parallelo al porto di San Rimini e al mare Adriatico, sembrava non poter esistere nello stesso mondo delle strade del centro di Kampala. A Kampala, le boda-boda guizzavano dentro e fuori dal traffico dell'ora di punta, i conducenti apparentemente ignari dei rischi costituiti dalle moto messe assieme alla bell'e meglio e del caos che li circondava. Studenti, impiegati e venditori ambulanti ingombravano i marciapiedi e occasionalmente attraversavano a casaccio. Il rumore dei clacson era costante.

A San Rimini, tuttavia, auto costose camminavano a passo d'uomo lungo il viale o se ne stavano ferme lungo il marciapiede, facendo scendere i passeggeri di fronte ai casinò. Coppie in abito da sera passeggiavano dagli alberghi verso il Teatro Reale, dove il cartellone annunciava lo spettacolo serale della *Traviata*. Non lontano dal teatro, l'alta cupola della cattedrale nazionale di San Rimini, il Duomo, si stagliava a dominare il fianco della collina.

Fascino da Vecchio Mondo e un'atmosfera romantica permeavano il distretto, come una favola che aveva preso vita.

A Claire tornò in mente un ricordo di quando aveva quattordici o quindici anni. Lei e le sue amiche si erano radunate attorno alla televisione nel salotto dei genitori di Claire mentre il futuro re di San Rimini sposava lady Aletta Masciaretti. Avevano praticamente lasciato chiazze di bava sulla moquette quando Eduardo aveva ammiccato alla sua sposa mentre le infilava l'anello al dito e Aletta aveva cercato di nascondere un sorriso. Claire trovava surreale il pensiero che si sarebbe ritrovata faccia a faccia con re Eduardo diTalora in meno di un'ora, in occasione di una cerimonia formale nel corso della quale avrebbe presentato le sue credenziali diplomatiche.

Cercò di dire a se stessa che per quanto potesse essere popolare sua altezza, la sua defunta moglie era la vera icona. Biblioteche, scuole e un'ala del dell'Ospedale Commemorativo Reale erano dedicate alla regina Aletta.

Claire sarebbe rimasta nel Paese finché il Presidente non

avrebbe desiderato altrimenti, per rappresentare gli Stati Uniti e i loro interessi al meglio delle sue capacità. Per farlo, doveva concentrarsi sul ruolo del re come politico e volto del suo ricco Paese, non sulla sua celebrità o sul modo in cui lei e le sue amiche avevano sbavato mentre guardavano il suo matrimonio tanti anni prima.

SCANDALI REALI: SAN RIMINI

Degno di una regina

Andare al castello

La tutrice del principe

Il bacio del cavaliere

Innamorarsi del principe Federico

Baciare un re

Iscriviti qui alla newsletter in italiano di Nicole. Gli abbonati ricevono materiale bonus e informazioni sulle prossime uscite. Puoi annullare l'iscrizione in qualsiasi momento.

L'AUTRICE

Nicole Burnham è la premiata autrice di oltre venti romanzi.

Per saperne di più riguardo ai suoi libri, visitate nicoleburn ham.com.